그냥 무작정 이렇게 말할 거야. '하지만, 나는 여자를 하나 사귀었네. 그런데 함께 잘 만한 공간이 없어서. 자네 방을 하루 저녁 빌렸으면 하네.' 그러면 뇌낏카는 '비밀인가?'라고 물겠지. 이 땅에 그는 약간 눈썹을 찡긋하면서 '글쎄, 아무튼 상상은 자유지만 어쩔 수 없네'라고 얼버무릴 것이고. 그렇다면 우리의 비밀은 지켜지겠지. "제발, 이러지 마세요." 아그네시카는 약간 사정하는 듯한 몸짓으로 청년의 손을 빼어 놓고는 치켜 올려진 스커트 자락을 내리고 자리를 고쳐 앉았다. "당신의 기분을 이해하지만, 이런 곳에선

8요일

기가 주변을 무겁게 짓눌러왔다. 청년은 점점 그 어둠 속으로 빨려들어갔다. 그러던 어느 순간 그는 자기의 머리카락을 만지고 있는 아그네시카의 손길을 느꼈다. "파베트레크, 정말이지 나는 내 몸을 함부로 하고 싶지는 않아요." 아그네시카의 목소리가 떨리고 있었다. "당신을 사랑하고 있지 않는 건 아닐 수도 있어요. 제다가 이런 곳에서 남들한테 손가락질 받으며 구설수에 오르고 싶진 않아요. 제 마음을 이해해 주실 수 있겠죠? 제가 염려하는 것은 단순히 그것뿐이에요. 당신도 이해될 입장이죠. 그렇죠?" 청년은 천천히 몸을 일으켜 여자의 얼굴에 시선을 모았다. 여자는 부끄러움에 얼굴을 묻고 있었다. 소년처럼 순진한 청년의 얼굴은 괴로운 표정을 짓고 있었다. "아그네시카, 내가 이러는 건 진정할 수 없는 마음이란 걸 알아주겠지? 이 괴로운 심정을 역누르고 있는 마음이 어떻다는 것도." "잘 알아요, 저 역시 당신과 마찬가지인 걸요." 청년은 여자의 손을 위주어 잡았다. 그리고 그의 시선은 그녀의 눈언저리를 더듬었다. 그녀의 눈동자에는 말할 수 없는 당혹감이 찰찰이 괴어 있었다. "그럼, 언제까지 무작정 참고 기다려야 된단 말야? 차라리 지옥으로 가리고 하지." "어쩔 수 없어요. 우린 좀더 참고 기다려야 해요." 여자는 안타까움에 청년의 눈길을 피하며 타이르듯 말했다. 어느새 옥산을 끌고 가던 발놀림은 강의 수면을 뒤덮고 있는 어둠 속으로 사라져 남긴 사진 소리조차 들을 수가 없었다. 여자는 힘을 주어 조심스럽게 말을 이었다. "여름까지는 아파트를 구할 수 있을 것 같아요. 비록 조라하고 누추하 겠지만, 하지만 아무리 누추하나 해도 공원 벤치보다는 낫겠지요." "으응……" 한참 동안 서로가 아무 말도 하지 않았다. 하늘은 온통 포도덕의 광기빛 꿍결로 묻들어 있었다. 강물도 하늘의 갑빛을 식생하도 더욱 어둡게 빛나고 있었다. 뚠디 위에는 별써 이슬이 내리기 시작했다. 두 젊은 남녀는 가쁜 작성을 함께 맞고 앉아 있었다. 그러나 청년 소매드을 아그네시카의 몸을 걸게 했다. 강 건너 편의 언덕도 회미한 어둠에 잠겨 있었다. "폭, 저실은 제가 조금 전에 할 말수 저 말이었어요." 아그네시카의 목소리가 어둠 속에서 더욱 심하게 떨렸다. "당신을 사랑하고 있지 않았더면 당신의 요구를 받아들일 수도 있어요. 제다가 이런 곳에선— 남의 눈에 뛰면 곤란하잖아요. 공연히 남들한테 손가락질 받으며 구설수에 오르고 싶진 않아요. 제 마음을 이해해 주실 수 있겠죠? 제가 염려하는 것은 단순히 그것뿐이에요. 당신도 이해될 입장이죠. 그렇죠?" 청년은 천천히 몸을 일으켜 여자의 얼굴에 시선을 모았다. 여자는 부끄러움에 얼굴을 묻고 있었다. 소년처럼 순진한 청년의 얼굴은 괴로운 표정을 짓고 있었다. "아그네시카, 내가 이러는 건 진정할 수 없는 마음이란 걸 알아주겠지? 이 괴로운 심정을 역누르고 있는 마음이 어떻다는 것도." "잘 알아요, 저 역시 당신과 마찬가지인 걸요." 청년은 여자의 손을 위주어 잡았다. 그리고 그의 시선은 그녀의 눈언저리를 더듬었다. 그녀의 눈동자에는 말할 수 없는 당혹감이 찰찰이 괴어 있었다. "그럼, 언제까지 무작정 참고 기다려야 된단 말야? 차라리 지옥으로 가리고 하지." "어쩔 수 없어요. 우린 좀더 참고 기다려야 해요." 여자는 안타까움에 청년의 눈길을 피하며 타이르듯 말했다. 어느새 옥산을 끌고 가면 발놀림은 강의 수면을 뒤덮고 있는 어둠 속으로 사라져 남긴 사진 소리조차 들을 수가 없었다. 여자는 힘을 주어 조심스럽게 말을 이었다. "여름까지는 아파트를 구할 수 있을 것 같아요. 비록 조라하고 누추하 겠지만, 하지만 아무리 누추하나 해도 공원 벤치보다는 낫겠지요." "으응……" 한참 동안 서로가 아무 말도 하지 않

| **옮긴이** | **양혜윤**

상명대학교 일어교육과 졸업. SBS 번역과정을 수료하고, 현재 전문번역가로
활동중이며 옮긴 책으로는 〈너와 나의 일그러진 세계〉,
〈정년을 해외에서 보내는 책〉, 〈100년 기업〉, 〈한국 마누라가 최고야!〉,
〈하우징 인테리어〉, 〈알기 쉬운 일본의 역사〉, 〈소울메이트〉,
〈우연한 여행자〉 등이 있다.

8요일

1판 1쇄 발행 | 2008년 1월 20일
지은이 | 마렉 플라스코   **옮긴이** | 양혜윤
펴낸이 | 소준선   **펴낸곳** | 도서출판 세시
출판등록 | 3-553호   **주소** | 서울 마포구 대흥동 303번지 3층
전화 | 715-0066   **팩스** | 715-0033

ISBN 978-89-85982-36-8   03840

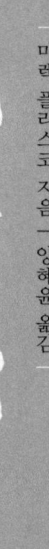

8월

마렉 플라스코 지음 │ 양혜윤 옮김

세시

차 례

사랑을 나눌 수 있는
방이 필요해요   10

비탈에 선 아버지   20

결말을 맺지 못한 소설   43

누구도 대신할 수 없는 기억들   70

휘청거리는 부레스카의 밤   89

갈 길은 아직도 멀기만 하고   101

모두의 가슴에 뜨는 달   125

존재의 의미에서 확인까지   147

절망의 어깨 위로
내리는 비   172

만남, 새로운 기억의 시작   191

상실, 꿈과 현실의 종착점   199

일요일 그리고 다시
일요일 그리고 . . .   217

서문

영원히 돌아오지 않는 갈망의 요일,
8요일

   현실에선 존재하지 않는 요일 8요일. 하지만 현실을 뛰어넘는 상상 속에 존재하는 갈망의 요일 8요일.

   이 작품은 7일 밖에 존재하지 않는 일주일에서 얻을 수 없는 소망을 이룰 수 있는 요일 즉, 8요일을 주제로 하고 있다. 사랑하는 연인끼리의 이룰 수 없는 사랑의 표현, 단 한번만이라도 자신의 시간을 갖고자 하는 소박한 꿈, 채울 수 없는 지성의 몸부림 등 일상에서 일어나는 작고 소박한 꿈을 이루려는 이들의 갈망이 현실의 암담함에 좌절되어 방황을 거듭하게 된다. 그 방황은 항상 미래에 대한 꿈을 안고 현실을 부정하지만 그 부정의 이면에 도사리고 있는 지울 수 없는 현실의 무게는 부정하면 할수록 더욱 무거워져만 간다.

목요일 오후부터 일요일 밤까지 단 사흘 동안에 한 평범한 가정에서 일어났던 일들을 토대로 그들의 일상을, 그들의 희망과 꿈을 통하여 당시 바르샤바의 현실을 예리하고 심도깊게 묘사한 이 작품은 부조리 문학의 전형성을 가장 극명하게 드러내고 있다.

〈A First Step into the Clouds〉로 '출판인상'을 수상하며 작가생활을 시작한 마렉 플라스코의 〈8요일〉은 출간 당시부터 많은 진통을 겪었지만 후에 영화화되어 칸느 영화제에 출품될 정도로 주목을 받게 된다. 전후 바르샤바의 절망과 불안 그리고 나태에 빠진 군상들의 견딜 수 없는 고독을 사실주의적인 기법으로 리얼하게 묘사하고 있어 자칫 암울한 퇴폐주의에 빠지기 쉽지만 작가의 강인한 의지력은 그들의 무기력에 8요일이라는 새로운 탈출구를 제시함으로써 현실에 대한 강인한 극복의 의지를 심어주고 있다.

　무거운 회색빛 하늘, 끊임없이 내리는 비, 폐허의 거리, 지친 어깨, 상실한 눈빛, 하지만 절망의 끝은 새로운 시작과 함께 하고 있음을 그들은 알고 있다. 그래서 현실은 더욱 고독하고 불안하다. 하지만 헤쳐나가야 하기에, 잃어버린 꿈을 찾아야 하기에 그들은 기다린다. 갈망한다.

　돌아오지 않는 8요일을.

8요일

Eighty Day of The Week

1장
사랑을 나눌 수 있는 방이 필요해요

그냥 무작정 이렇게 말할 거야. '로만, 나는 여자를 하나 사귀었네. 그런데 함께 잘 만한 공간이 있어야지. 자네 방을 하루 저녁 빌렸으면 하네.' 그러면 로만은 '미인인가?' 라고 묻겠지. 이 말에 그는 약간 눈썹을 찡긋하면서 '글쎄, 아무튼 상상은 자유지만 어쩔 수 없네' 라고 얼버무릴 것이고, 그렇다면 우리의 비밀은 지켜지겠지.

"제발, 이러지 마세요."

아그네시카는 약간 저항하는 듯한 몸짓으로 청년의 손을 떼어 놓고는 치켜 올려진 스커트 자락을 내리고 자리를 고쳐 앉았다.

"당신의 기분은 이해하지만, 이런 곳에서는 할 수 없어요."

아그네시카는 미안한 듯이 청년의 얼굴을 조심스럽게 살폈다.

"하긴 그래……."

청년은 맥이 풀린 듯한 소리를 힘없이 내뱉으며 뒤로 벌렁 드러누워 버렸다. 청년은 잔디 위에 길게 드러누운 채 비슬라 강 기슭의 언덕 쪽을 아득한 눈길로 바라보았다. 강 한가운데에서는 흉물스럽게 생긴 발동선이 지친 소리를 내며 세 척의 목선을 끌고 가고 있었다.

서서히 어둠이 짙어 오고 싸늘한 공기가 주변을 무겁게 짓눌러왔다. 청년은 점점 그 어둠 속으로 빨려들어갔다. 그러던 어느 순간 그는 자기의 머리카락을 만지고 있는 아그네시카의 손길을 느꼈다.

"피에트레크, 정말이지 나는 내 몸을 함부로 하고 싶지는 않아요."

아그네시카의 목소리는 심하게 떨리고 있었다.

"당신을 사랑하고 있지 않다면 당신의 요구를 받아들일 수도 있어요. 게다가 이런 곳에선… 남의 눈에 띄면 곤란하잖아요. 공연히 남들한테 손가락질 받으며 구설수에 오르고 싶진 않아요. 제 마음을 이해할 수 있겠죠? 제가 염려하는 것은 단순히 그것뿐이에요. 당신도 이해할 수 있겠죠. 그렇죠?"

청년은 천천히 몸을 일으켜 여자의 얼굴로 시선을 모았다.

여자는 부끄러움에 얼굴을 붉게 물들였다. 소년처럼 순진한 청년의 얼굴은 괴로운 표정을 짓고 있었다.

"아그네시카, 내가 이러는 건 진실로 견딜 수 없는 마음이란 걸 알아주겠지? 이 괴로운 심정을 억누르고 있는 마음이 어떻다는 것도."

"잘 알아요. 저 역시 당신과 마찬가지인 걸요."

청년은 여자의 손을 힘주어 잡았다. 그리고 그의 시선은 그녀의 눈언저리를 더듬었다. 그녀의 눈동자에는 범할 수 없는 단호함이 잔잔히 깔려 있었다.

"그럼, 언제까지고 무작정 참고 기다려야 된단 말야? 차라리 지옥으로 가라고 하지."

"어쩔 수 없어요. 우린 좀더 참고 기다려야 해요."

여자는 안타까움에 청년의 눈길을 피하며 타이르듯 말했다.

어느새 목선을 끌고 가던 발동선은 강의 수면을 뒤덮고 있는 어둠 속으로 사라져 낡고 지친 소리조차 들을 수가 없었다.

여자는 힘을 주어 조심스럽게 말을 이었다.

"여름까지는 아파트를 구할 수 있을 것 같아요. 비록 초라하고 누추하겠지만. 하지만 아무리 누추하다 해도 공원 벤취보다는 낫겠지요."

"으음······."

한참 동안 서로가 아무 말도 하지 않았다. 하늘은 온통 초저녁의 황금빛 물결로 물들어 있었다. 강물도 하늘의 금빛을 시샘하듯 더욱 아름답게 빛나고 있었다. 잔디 위에는 벌써 이슬이 내리기 시작했다. 두 젊은 남녀는 가죽 자켓을 함께 깔고 앉아 있었다. 그러나 점차 스며드는 찬기운이 아그네시카의 몸을 떨게 했다.

강 건너 편의 언덕도 희미한 어둠에 잠겨 있었다.

"저, 사실은 제가 조금 전에 한 말은 거짓말이었어요."

아그네시카의 목소리가 어둠 속에서 심하게 떨렸다.

청년은 그녀의 목소리에 깊은 고민이 서려 있는 걸 알아차렸다. 여자는 다시 흐느끼듯 말을 이었다.

"아아, 이젠 더 이상 저도 참을 수가 없어요. 아무래도 좋아요. 하지만 사방이 벽으로 가린 방을 구해야 돼요, 네? 삼 면만이라도 괜찮아요. 하지만 이런 곳에서는 싫어요. 남에게 들키면 어떡해요. 그러니 제발."

"알았어."

청년은 나지막이 말꼬리를 이으며 그녀의 손을 쓰다듬었다. 마치 조개처럼 꼭 오므려 쥔 차갑고 가냘픈 손이었다.

청년은 길게 한숨을 내뿜으며 말했다.

"밤이 깊었으니 그만 일어서지."

두 젊은 남녀는 풀밭에서 일어섰다. 그리고 베라니의 숲속을 말없이 걸어 나왔다. 청년은 무엇인가 깊은 생각에 빠진 모습으로 발길을 옮겼다. 이윽고 그들이 전차길에 다다르자 청년이 말을 꺼냈다.

"로만한테 가서 우리에게 하룻밤만 방을 빌려 달라고 부탁해 볼게."

그 말을 들은 아그네시카는 피에트레크가 로만에게 방을 빌려 달라고 사정하는 모습을 가만히 그려보았다.

우리가 이렇게 사랑하는 사이라고는 말을 하지 않겠지. 그냥 무작정 이렇게 말할 거야. '로만, 나는 여자를 하나 사귀었네. 그런데 함께 잘 만한 공간이 있어야지. 자네 방을 하루 저녁 빌렸으면 하네' 그러면 로만은 '미인인가?'라고 묻겠지. 이 말에 그는 약간 눈썹을 찡긋하면서 '글쎄, 아무튼 상상은 자유지만 어쩔 수 없네'라고 얼버무릴 것이고, 그렇다면 우리의 비밀은 지켜지겠지. 그리고 상대할 여자도 없고, 여자에 대해선 전혀 아무것도 모르면서 말만큼은 제법 그럴 듯하게 하겠지.

전차 안은 텅 비어 있었다. 승객이라고는 두 늙은 여자와 수심에 잠겨 있는 병사, 그리고 축구공을 손에 들고 있는 두 명의 소년뿐이었다.

전등불을 밝히고 있는 거리의 집들이 차창 밖으로 휙휙 지나갔다. 아그네시카는 입가에 생긋 미소를 머금고 피에트레크 옆으로 바싹 다가앉았다.

"예, 그렇게 하세요. 로만한테 하룻밤만 부탁해 보세요."

아그네시카는 피에트레크의 귀에 살며시 속삭였다.

"오늘이 무슨 요일이지? 목요일인가?"

피에트레크가 물었다.

"네. 목요일이에요."

"로만한테 토요일 밤에 방을 빌려 달라고 말해 볼게."

청년은 그녀의 귓가에 입술을 살짝 갖다 댔다.

"자, 이제 나는 여기서 내릴 테니 잘 가."

전차가 멈추었다. 차장이 안경 너머로 승객들을 둘러보고는 코 메인 소리로 말했다.

"건널목입니다. 건널목."

피에트레크는 아그네시카의 손목을 꼭 쥐었다가 놓으면서 전차에서 뛰어내렸다. 아그네시카는 멀어져 가는 피에트레크의 뒷모습에서 눈을 떼지 않았다. 걸어가는 그의 뒷모습이 무척이나 쓸쓸하고 외로워 보였다.

저 사람은 왜 저렇게 몸을 웅크리고 걸을까. 무슨 고민에 빠져 있는 것일까? 만약 로만에게 방 이야기를 하지 않는다면……

이윽고 피에트레크의 모습이 초저녁 거리의 군중 속으로 사라져버렸다. 초저녁 별이 하나 둘 빛나기 시작할 무렵이려니 생각했는데, 어느덧 밤하늘에는 수많은 별들이 반짝거리고 있었다.

정류장이라는 차장의 코 메인 목소리를 듣고 아그네시카는 코트 깃을 여몄다.

서늘한 바람이 옷깃을 헤치고 지나가더니 밤비가 내리기 시작했다. 작업복을 입은 두 사나이가 두어 발자국 앞질러 걷고 있었다. 한 사람이 히스테릭한 목소리로 말했다.

"또 쏟아 붓는구나. 오월에 접어들어서는 음산한 날씨의 연속이야. 이놈아, 도대체 너라는 인간은 계집 하나 숲속에 못 끌고 갈 위인이야."

"그게 어떤 여잔데?"

"내 수양어멈 정도로 해두지."

아그네시카가 그들 사이를 앞질러 나가자 한 사나이가 팔꿈치로 아그네시카를 가리키며 옆 친구에게 말했다.

"저 여자는 어때?"

"글쎄, 싫지는 않지만, 저 여자가 우리를 거들떠보기나 하겠어?"

"아니야. 결과는 수작을 걸어봐야 안다구."

사내는 곧장 농을 걸어왔다.

"이봐, 아가씨. 같이 갈까?"

아그네시카는 못들은 척 잠자코 다른 골목으로 돌아 걸어 들어갔다. 거기에도 여러 명의 술 취한 주정꾼들이 희미한 가로등 밑에서 비틀거리고 있었다. 뱃사람 전용인 듯한 목로주점에서도 한 주정뱅이가 가로등에 발이 걸려 넘어져 길바닥에 코방아를 찧고 있었다. 그러더니 그의 모자와 손가방이 날아왔다. 몇 명의 같은 패거리들이 모두 입을 딱 벌린 채 목로주점 문 앞에 서서 그를 지켜보고 있었다.

그때 스피커에서 째지는 듯한 목소리가 크게 울려나왔다.

"오늘 거행된 단거리 경기에서는 폴란드 팀이 아깝게 패했습니다. 일등은 루마니아의 다미토체주스크…."

시장 구석에서 야채 썩는 냄새가 코를 찔러왔다. 누군가가 테너 흉내를 소리 높여 내고 있었다. 깡패처럼 보이는 한 소년이 아그네시카의 얼굴을 빤히 쳐다보고는 휘파람을 휙 불어댔다. 그 소년이 불량기 가득한 얼굴로 종알댔다.

"허, 고년 맛 좋겠는데!"

몇 마리의 고양이가 아그네시카의 발 밑에서 어슬렁거리며 지나갔다. 반짝이던 별들이 밤안개에 가리워지며 빛을 잃어가고 있었다.

갑자기 한 주정뱅이가 지독한 술냄새가 풍겨오는 입김으로 아그네시카의 귀에 대고 은밀하게 속삭였다.

"우리집 여편네가 시골에 가서 집이 비었어. 색시, 나일론 양말을 줄 테니 내 말을 들어 주지 않겠어?"

동쪽 끝의 정거장에서는 기관차의 기적소리가 **빽빽** 울려대고 있었다.

아그네시카는 습기찬 공기를 깊이 들이마시고는 머리를 세차게 흔들었다. 지나가는 행인들의 얼굴은 모두 땀으로 지저분하게 젖어 있었고 눈은 공허하게 반짝거렸다.

아그네시카는 힘없이 혼잣말을 중얼거렸다.

피에트레크! 제발 최대한 빨리 로만에게 우리의 방 얘기를 해 주세요.

2장

비탈에 선 아버지

8 요일

아아, 모든 것을 잊을 수만 있다면 얼마나 좋을까. 평화, 오직 평화와 안식만이 있었으면… 피에트레크도 오빠도 아버지도 어머니도 전부 필요없어. 오직 평화와 안식만이 있었으면… 그 밖의 모든 것은 내 눈앞에서 사라져버려라.

집에 돌아오자마자 아버지가 대뜸 언성을 높였다.

"아그네시카, 여태까지 어딜 쏘다니다 이제 오는 거냐?"

아버지는 창 옆에 서서 커튼 사이로 창밖을 내다보고 있었다.

아버지는 언제나 그 모습으로 몇 시간이고 서서 창밖을 구경하는 버릇이 있었다. 작달막한 키와 훌렁 벗겨진 대머리 때문에 나이보다 훨씬 늙어 보였다. 게다가 얼굴빛은 초췌하고 눈에는 생기가 없었다. 아버지는 협동조합의 감독관이었다.

아버지가 생기를 되찾는 것은 오직 남의 잘못을 폭로하며 험담을 늘어놓을 때뿐이었다.

"산보 좀 하다 왔어요, 아버지."

아그네시카는 자신의 레인코트를 벗어 골마루 벽에 걸고, 다시 아버지 곁으로 다가갔다.

"아버지, 누가 구제고지 오빠를 찾으러 갔나요?"

"아무도."

아버지는 퉁명스럽게 말을 내뱉고는 또다시 창문을 손끝으로 톡톡 두드렸다.

"산보하고 왔다는 걸 당신은 곧이 들으세요?"

침대에 누워 있던 어머니가 참견하고 나섰다.

어머니는 오랫동안 병마에 시달리고 있다. 때문에 심한 우울증에 빠져 자칫하면 히스테리를 일으켜 혼수상태에 빠지곤 했다.

"그따위 뻔한 핑계에 속지 말아요. 분명히 어떤 놈팽이하고 붙어다녔겠지요, 뭘."

그녀는 창백한 얼굴에 화가 잔뜩 치민 표정을 지으며 딸을 노려보았다.

"하기야, 너도 이젠 나가야겠지. 마음에 드는 남자를 골라 이 집을 나가야 하지 않겠니? 자식이고 뭐고 이젠 다 소용없어."

어머니의 목소리는 매정하다기보다는 차라리 비통했다.

"흥, 어머니는 나 같은 딸 낳은 걸 후회하고 있죠?"

아그네시카도 지지 않고 대꾸했다. 그리곤 스텐드의 불을 켜고 책 몇 권을 꺼내들었다. 아그네시카는 자기 침대에 걸터앉아 두 팔로 턱을 괴었다.

"공부 좀 하게 날 가만히 내버려두세요."

"또 그 공부 타령이냐? 너의 오빠 구제고지도 대학 공부까지 했잖니. 그런데도 저 모양 저 꼴이 아니냐. 너라도 제발 정신 좀 차려 오빠 같은 꼴은 되지 말아야지."

마치 신음하듯이 연거푸 뱉어내는 어머니는 정말이지 이젠 도저히 더 이상은 견딜 수 없다는 표정이었다.

"나도 이젠 다 알아서 할 나이에요. 그런 소리 이제 그만 두세요."

"그래, 잘도 지껄여대는구나. 그래도 지금까지 너를 길러낸 것은 바로 나다, 나!"

어머니의 음성은 차라리 흐느낌이었다. 아버지는 모녀간의 말다툼을 모른 척 외면하고 있었다.

"그런 공치사 같은 말은 그만 두세요. 딸자식 낳고 기르는 건 요리 만드는 거나 마찬가지 아니예요. 아무튼 공부 좀 하게 가만 내버려두세요."

"아그네시카, 아그네시카, 넌 도대체……."

아버지가 도저히 참을 수 없다는 듯이 내뱉었다. 그러나 아버지의 음성에는 아무런 위엄도 없었다. 오히려 음성을 높이면 높일수록 더욱 초라하게 느껴질 뿐이었다.

아버지는 두 주먹을 불끈 쥐고 몸을 부르르 떨면서 꾸짖는 눈초리로 딸을 노려보았다.

"너, 어머니한테 그런 말대꾸하는 버릇은 어디서 배워먹었어?"

"그럼 이 기막히게 아름다운 세상에 나를 낳아 주신 어머니한테 무조건 감사만 해야 한다는 건가요?"

아그네시카는 들었던 책을 휙 던지면서 자리에서 벌떡 일어났다. 그리고 창문 쪽으로 다가가 아버지 곁에 섰다.

"아, 술이나 맘껏 퍼마셨으면… 이 따위 도시니 인생이니 아예 없었으면 좋겠어요, 그리고……."

"그리고? 도대체 뭐가 어쨌단 말이냐?"

어머니가 마치 할퀴기라도 할 것처럼 달려들었다.

"그거야 간단하죠. 어머니 같은 인간은 차라리 없었으면 좋겠다는 것이죠."

아그네시카는 다시 아버지 쪽을 향했다.

"자와즈키는 돌아왔나요?"

"그놈이야 항상 늦으니까……."

아버지는 활등처럼 허리를 굽히고 매서운 눈초리로 딸의 얼굴을 뚫어져라 쳐다보았다.

"아, 아무튼 여긴 시끄러우니까 부엌방에 틀어박혀 혼자 공부할 테니 가만히들 계세요."

아그네시카는 다시 책을 들고 부엌문 쪽으로 가다가 문득 발을 멈추며 목소리를 가라앉히고 어머니에게 부드러운 목소리로 말했다.

"어머니, 용서하세요. 내가 왜 이렇게 자꾸 짜증을 부리는지 나도 모르겠어요. 하지만 항상 돌아서면 잘못했다고 뉘우쳐요."

"그러니 매사에 조심해야지. 집에 좀 있으면 누가 뭐라 하겠니? 알지도 못하는 사내와 밤낮 쏘다니니 걱정이 안 될 수가 있어야지."

어머니는 다시 점점 음성을 높였다.

"분명한 건 이 집에 네가 낳은 아이를 기를 만한 방은 만들지 않을 작정이니까 정신 똑바로 차려야 해. 아, 내 신세가 뭐람. 내가 이런 말까지 하게 될 줄이야."

아그네시카는 두 눈이 튀어나올 만큼 어머니를 노려보다가 부엌문을 확 닫고 안으로 들어가버렸다. 그리고 부엌의 전등불을 켰다.

　부엌 안은 매우 좁고 너저분하게 흩어져 있었으며, 대부분의 공간을 침대 두 개가 차지하고 있었다. 하나는 오빠 구제고지의 침대이며 다른 하나는 자와즈키의 침대였다.

　자와즈키는 바르샤바에 있는 한 가스공장에 기계공으로 다니고 있으며, 45년에 이곳에 자리잡은 후 줄곧 오직 한 칸 방의 아파트라도 구하기 위해 꿈꾸고 있는 딱한 처지였다.

　아그네시카는 책상 앞에 앉아 몇 권의 책을 내려놓았다.

　책을 반 페이지도 채 읽기도 전에 아버지가 부엌 안으로 들어왔다. 아버지는 부엌 한복판에 오더니, 헛기침을 한번 하고 한쪽 다리에 몸의 중심을 실은 채 비스듬히 섰다.

　아그네시카는 그러한 표정이 약간 의아하다는 듯이 물끄러미 아버지를 쳐다보았다.

　"넌 도대체 왜 그러니?"

　"뭘 말인가요?"

　"어머니가 뭐라든?"

　"뻔하잖아요. 그래요, 결국 난 거리의 불량소녀인걸요. 내가 그러더라고 어머니한테 그대로 말씀하세요. 그러면 속이 시원

할 테니까요."

"얘야."

아버지가 애원하듯이 딸의 얼굴을 바라보았다.

"네 오빠가 타락할까봐 그게 걱정이란다. 왜 우리 집안 식구들은 서로 이해하지 못하고 항상 이 모양이냐 응?"

아버지는 안타깝다는 듯이 두 팔을 벌리며 한탄했다.

"하지만, 우리들끼리 서로 잘 이해하고 있잖아요. 불행하게도 어머니는 오랜 병중이시고, 이 집은 숨도 제대로 쉴 수 없을 정도로 좁고, 아버지는 아무런 수입도 없고, 하지만 우리들의 잘못은 아니에요. 아버지는 아무런 걱정 마시고 방으로 건너가세요. 어머니가 또 저하고 무슨 음모를 꾸미냐고 역정을 내실지 모르잖아요."

그러나 아버지는 어느 틈에 의자에 앉아 있었다. 그는 무릎 위에 손깍지를 끼고 그 위에 시선을 떨어뜨린 채 한참 동안 수심에 잠겼다가 고개를 들었다.

"아아, 이젠. 나도 늙었나 보다. 가끔씩 몸이 말을 듣지 않을 때가 있으니 말이야. 또 네 엄마는 병석에 누워 있고, 네 오빠는 술만 먹고, 그리고 넌 너대로 고집만 부리니… 걱정이구나. 도대체 너는 어쩌자는 거냐. 어디를 그렇게 돌아다니고 있는 거냐? 무슨 사정이 있는지 속 시원히 털어 놓을 수 없니?"

아버지는 한탄과 두려움이 담겨 있는 미소를 지으며 딸을 바라보았다.

"그렇게 염려하실 필요는 없어요. 간혹 죽고 싶은 마음이 굴뚝같지만, 내 자신이 해결할 수밖에 없다는 걸 잘 알고 있으니까요. 다른 말씀은 없으신가요?"

아버지는 잠깐 휴, 하고 한숨을 내뿜고 말머리를 돌렸다.

"이번 일요일엔 낚시나 가볼 생각이다. 나도 이젠 좀 한가한 시간을 갖고 싶지만 여기서는 그럴 자유조차 없으니 말이다. 낚싯대는 겨우 마련했단다. 그런데 요새 낚싯줄 구하기가 여간 힘들지 않더구나. 그러나 일요일까진 아직 멀었으니까 어떻게 방도가 생기겠지."

"앞으로 사흘밖에 안 남았는걸요."

"그래. 사흘밖에 남지 않았구나."

다시 아버지의 입가에는 쓴 웃음이 맴돌았다.

"사흘, 그 사흘 동안에 숱하게 많은 사건들이 일어날 수도 있지. 앞으로의 사흘이 내겐 참으로 지긋지긋한 시간이 될 수도 있어."

"긴 인생의 여정에 비추어 볼 때 그깟 사흘은 문제가 되지 않아요."

"아니야. 그 사흘은 굉장한 시간이야. 때에 따라선 사흘이란 기간 동안에 모든 것을 잃어버릴 수도 있으니까."

"아버지, 난 그렇게 생각지 않아요. 아무튼 그런 쓸데없는 걱정 마시고, 어서 어머니 방으로 건너가세요."

아버지는 딸의 말을 듣고서야 안심이 된 듯 부엌에서 나갔다.

부엌 안은 숨이 막힐 듯이 답답했다. 아그네시카는 창문을 활짝 열었다. 비 개인 뒤의 바깥 공기는 어린아이가 내쉬는 입김처럼 상쾌했다.

거리는 아직도 살아 움직이고 있었다. 어느 집인지는 알 수 없지만 열려진 창문으로 라디오 소리가 왕왕 울려나오고 있었다.

―우리들은 공동 전선에서 이탈하는 개인숭배에 대한 투쟁에서 승리한 것을 자랑스럽게 내세워야 합니다. 그러니까 지금이야말로 우리 노동자들은 이런 사상을 철저히 청산하는 사업에 적극적으로 나서야 합니다. 그리하여 우리의 빛나는 제20회 당대회의 지령은 무수한 난관들을 적극적으로 이겨내고….―

아그네시카는 귀를 틀어막으며 생각했다.

아아, 모든 것을 잊을 수만 있다면 얼마나 좋을까. 평화, 오직 평화와 안식만이 있었으면… 피에트레크도 오빠도 아버지도 어머니도 전부 필요 없어. 오직 평화와 안식만이 있었으면… 그밖의 모든 것은 내 눈앞에서 사라져버려라. 평화와 안식, 오직 이것만 있으면 된다.

아그네시카는 다시 고개를 들어 언덕길을 쳐다보았다. 아파트 이층의 창가에서 셔츠 바람의 뚱뚱한 사내가 입술을 교묘하게 오므리고 수염을 깎고 있었다.

―머지않아 밤이 찾아올 것이다. 이것이 우리의 운명이다―

한 대의 트럭이 요란한 소리를 내면서 지나갔다. 그때 누군가가 부엌으로 들어오는 인기척이 나서 아그네시카는 돌아다 보았다. 자와즈키였다. 그는 삼십 세쯤 보이는 사나이로 건강한 얼굴빛에 푸른 눈동자를 가지고 있었다.

입고 있는 셔츠에는 아래 가슴까지 단추가 달려 있었고, 목덜미가 구릿빛으로 그을려 있어 더욱 건강해 보였다.

"저녁 먹었어?"

그는 인사를 하면서 웃옷을 의자 등받이에 단정하게 걸어 놓았다. 그리고는 세숫대야에 물을 퍼 놓고서 셔츠 소매를 걷기 시작했다. 구릿빛 팔뚝은 울퉁불퉁 힘줄이 드러나 있었다.

"어디 나가세요?"

아그네시카가 물었다.

"그럼. 이런 멋진 밤에 집에서 썩고 있을 수만은 없지. 아그네시카는?"

"나는 공부해야죠. 그래서 여기까지 들어온 거예요. 어머니 아버지가 매일 싸우느라 집안은 조용할 때가 없거든요."

"그 나이에 그 밖에 딴 무슨 할 일이 있겠어. 사람들은 늙으면 고작해야 부부싸움이나 체스 게임 정도밖에 할 일이 없거든. 그러니까 어머니 아버지 싸움을 막으려면 체스나 한 벌 사다 드리지 그래. 그러면 집안이 한결 조용해질 테니까."

그는 빙그레 웃으면서 젖은 수건으로 몸을 쓱쓱 문질러댔다.

"어디 가세요?"

아그네시카가 다시 물었다. 어서 빨리 나가줬으면 하는 말투였다.

"친구한테. 엔진 수선을 끝내두려고."

"으응. 그 자랑하는 오토바이요? 타고 뽐내는 모습을 어서 빨리 보고 싶네요."

아그네시카가 웃으며 말했다.

"클러치를 갈아야겠어."

그는 좀 짜증 섞인 투로 얘기하면서 수건을 내던지고 침대에 걸터앉아 구두를 바꿔 신기 시작했다.

한참 동안 구두끈을 매고 나서야 고개를 들었다.

"오토바이도 십 년 동안이나 같은 주인만을 계속 태웠으니 염증이 날 거야. 클러치만 갈아 끼우면 일요일에는 약혼녀를 찾아갈 수가 있지."

"너무 뽐내지 마세요. 요 삼 주일 동안 내내 계속 그 얘기만 했어요."

"삼 주 후엔 어떤 일이 일어날까?"

"잘 되도록 지금부터라도 기도하세요."

"아마 의사도 치료할 수 없을 만큼 얼굴이 터져버리고 만다면······."

"그 다음에는요?"

"그 다음에는 글쎄."

"그 여자를 진정 사랑하세요?"

"그럼. 아그네시카가 상상하는 이상으로."

"그럼, 사랑하면서 왜 그런 어리석은 생각을 하세요?"

"그건 말야······."

"만약 사랑하고 있지 않다면 어떻게 하시겠어요?"

"그땐 더욱 간단하지. 더 쉽사리 함께 살게 될 테지."

"그렇게 해서라도 보람이 있기만 한다면야 그럴 수도 있겠죠."

아그네시카는 한숨 섞인 소리로 얘기하고는 목을 자라처럼 움츠리고 창밖으로 상반신을 내밀었다. 거리의 상점 앞에선 사람들이 모여 서서 웅성대고 있었다.

"참 무서운 세상이야. 비밀경찰의 아우를 가진 게 누구란 걸 알고서 난 정말 놀랐다니까."

도대체 누구를 욕하는 소린지 알 수가 없었다.

두 개의 하늘이 아그네시카를 바라보고 있었다. 하나는 정말 하늘이고, 다른 하나는 물 웅덩이에 비쳐진 하늘이었다. 그리고 거기에는 아주 작은 별들이 점점이 박혀 있었다.

한동안 그 점들을 세고 있던 아그네시카는 뭔가가 자신의 팔목을 건드리는 것 같아 깜짝 놀라 상반신을 일으켰다. 자와즈키가 기분이 몹시 상한 듯 이마에 잔뜩 주름을 짓고 거기 서 있었다.

"아까 뭐라고 놀려댔지? 여자란 근본적으로 어느 누구나 다 같으니까 내가 무슨 말을 해도 알아듣지 못할 거야. 그래도 한 가지만 말해두겠는데, 남자란 말이야 자기만이 탐내는 무엇인가를 찾고 있어. 그것만은 절대로 포기할 수가 없지. 만일 남자가 아그네시카 같은 여자를 얻지 못할 경우에 그가 요구하는 건 아쉬운 대로 자기의 체면을 유지하려고 하는 거야. 우리들이 포로가 되어 장교 수용소에 갇혀 있을 때, 어떤 젊은 친구가 가족한테서 편지를 받았는데 그 편지에는 그의 애인이 독일 병사들과 어디론가 갈지도 모른다는 내용이 적혀 있었어. 모두가 수용소의 생활에 진력이 나 있는 터라 모두들 그를 놀리는 농담으로써 자신들의 위안거리를 삼게 되었지.

'그런 것쯤이야 다반사지. 그건 고민할 가치도 없어. 흥, 그게 무슨 심각한 문제야. 집에 돌아가서 그 여자와 그냥 결혼해버리면 문제는 간단할 텐데. 그리고 침대 머리맡에 그룬발트 전투의 사진이라도 걸어둔다면 더욱 나을 테고. 그럼, 그 사진을 볼 때마다 자네 애인을 어떻게 했을지 모르는 독일 병사놈에 대한 원한도 풀 수 있을 게 아닌가. 그 전투 때 우리가 놈들을 보기 좋게 박살내줬으니까' 하고 놀려댔지. 그러자 그는 걷잡을 수 없는 질투의 불길에 휩싸이더니 그만 거의 미친듯이 '자네들까지 걱정할 건 없어. 내가 그 여자를 없애버리면 그만이니까' 했지. 그때 누군가가 '하지만 이번 전쟁이 삼십년 전쟁 때처럼 오래 끌면 어쩌지?' 하자, 그는 '하여간에 금주 내로 나는 결판을 내고 말 테니까 두고 봐' 하고 말하더니 그 다음날 수용소를 탈출해

버렸어. 우리는 그 가엾은 친구를 위해서 한 달 동안 탈출 사건을 숨겨주었어. 그런데 의외로 그 친구는 수용소로 몰래 다시 되돌아왔어. 그리고는 첫 인사가 '해치웠어'라는 한 마디였어. 그는 자기를 배반한 옛날 애인에게 복수하려고 세 개나 되는 삼엄한 경계선을 넘나들었던 거야. 오직 배반한 옛 애인을 죽여버리겠다는 일념에서였지. 결국 그는 깨진 병으로 그 여자를 찔러 죽였지. 물론 맨정신으로 한 짓은 아니었겠지만. 어쨌든 나는 그 친구에게 이만저만 호감이 가는 게 아냐."

자신의 얘기를 마친 자와즈키는 아그네시카의 옆을 비켜 서더니 벽장에서 웃옷을 꺼내 입었다.

"그 사람은 어떻게 됐어요?"

아그네시카가 물었다.

"그 친구?"

"네."

자와즈키는 잠시 쓴웃음을 입가에 보였다.

"자기를 배반한 여자를 죽였지만 거기서 문제가 해결된 건 아니었어. 그는 깨진 병 끝으로보다는 총으로 쏘아 죽였으면 더 후련했을 걸 하는 좀더 잔인한 복수 방법에 대해서 지껄여대며 수용소 캠프를 밤낮 맴돌기 시작했어. 그는 거의 실성한 소리로

'나는 그 여자를 한평생 영원히 만족시켜 주었다' 라고 중얼거렸어. 그러다가 어느 누구도 손을 쓸 수 없을 정도로 정신이 돌아버린 그는 변소에서 면도칼로 자신의 목을 따 죽고 말았지. 그런데 참, 구제고지는 어디 갔지?"

"글쎄요, 아마 어느 술집에서 술타령이나 하고 있겠죠."

"아직도 그 여자 생각을 못 버리고 있나?"

"그런가 봐요."

"그렇다면 어쩔 수 없는 노릇이지 뭐."

그는 밖으로 나가버렸다.

걸어가는 발자국 소리가 계단을 쿵쿵 울렸다. 아마 그가 장난꾸러기 소년처럼 몇 계단씩 한꺼번에 뛰어내려가는 모양이었다.

거리의 소란이 어느새 누그러져 있었다. 주정뱅이들도 이제는 기진맥진해서 서로 부둥켜 안고 길바닥에 퍼질러 앉아 있었다.

"그런데, 자넨 왜 나한테 이러는 건가, 위테크?"

주정뱅이 중의 한 사람이 우는 소리인지 화가 난 소리인지 분간할 수 없는 소리로 말했다. 하지만 그 소리에는 아주 짜증이 섞인 듯한 깐깐함이 깃들어 있었다.

"이게 바로 인생이라는 거야."

다른 사나이가 취한 소리로 힘차게 팔을 내저으면서 말했다.

"그럼 만사 오케이군!"

또 다른 사나이가 참견했다. 그리고는 그 사나이가 두 사람을 자기 좌우로 끌어당기면서 소개시켰다.

"자아, 서로들 알고나 지내게. 이 사람은 옛날 군대에서 사귄 친구이고, 그리고 이 사람은 학교 동창이야."

"아아, 그런가."

"아, 실례합니다, 저는······."

그러면서 세 사람은 한데 어울려 비틀거렸다. 그 중의 한 주정뱅이가 물웅덩이에 비친 별을 밟아 없애버리고 말았다.

'아, 이제야 조용해지겠군.'

아그네시카는 창문을 닫고 책상 앞에 앉았다.

그때 아버지가 부엌으로 들어왔다.

낡은 홈스펀의 톱 코트에 검정 모자를 쓰고 무명 목도리로 목 주위를 둘러싼, 하여간에 괴상망측한 옷차림이었다.

"네 엄마가 히스테리 발작 증세를 보이고 있어서 구제고지를 찾아와야겠구나."

"어디로 찾아가시는데요?"

아그네시카는 아버지 옆으로 다가서며 물었다. 그녀는 아버지보다도 키가 컸고 힘도 더 세어 보였다. 그런 딸과 마주 서 있는 아버지의 모습은 마치 싱싱한 나무 옆에 있는 늙은 고목과 같았다.

아그네시카는 한참이나 아버지의 얼굴을 뚫어져라 쏘아보더니, 이내 자기의 불꽃같이 빛나던 두 눈의 광채를 손으로 덮어버리듯 눈을 감아버렸다. 그리고는 귀찮은 듯이 물었다.

"술집에서 찾아서 끌고 올 건가요?"

"그래야지."

아버지는 그때까지 한쪽 다리에 주었던 몸의 무게를 다른 다리로 옮기면서 두 손을 돌려 뒷짐을 졌다.

억지로라도 자기의 단호한 자세를 유지하려고 애쓰는 모습이었다.

"그놈을 술집에서 끌어다가 단단히 혼을 내줘야겠어. 그래야 녀석이 다시는 술을 안 먹겠지."

"스테팡! 당신이 밖으로 찾아 나가실려구요?"

어머니의 신경질적인 목소리였다.

"그래!"

아버지는 간단히 대답하고 나서 모자를 다시 쓰고 방문 쪽으로 걸어 나갔다.

"아버지, 그만 두세요."

아그네시카는 아버지의 앞을 가로막으면서 방문을 얼른 닫아 버렸다.

"아버지가 설령 오빠를 찾아낸다 해도 끌고 오지도 못할 것이고, 야단을 쳐봤자 아무런 효과도 없을 거예요. 지금 오빠는 자기 고민에 빠져 있으니까 가만히 내버려 두는 게 상책이에요."

아그네시카는 아직도 고집이 덜 풀린 아버지를 간신히 끌어다가 의자에 앉히고는 손에 들고 있는 모자를 낚아채듯 탁 빼앗았다.

"너까지 왜 이러는 거냐?"

"오빠의 괴로운 심정도 이해해 주셔야죠."

"그건 또 무슨 소리냐?"

"지금 오빠는 한창 연애중이라 몹시 괴로운 상태에 빠져 있어요."

"거 참, 별 소릴 다하는구나. 아니, 부모와 누이동생까지 있는데 뭐가 그리 잘나서 저 혼자 그렇게 괴롭단 말이냐?"

"그래도 오빠는 지금 혼자만의 고민에 싸여 있어요."

"무슨 고민이 그렇게도 많다더냐?"

"그건 오빠만의 비밀이겠죠."

"그럼 애비 되는 사람은 언제까지나 자식이 술집을 헤매고 다니는 것을 방관만 하고 내버려 두란 말이냐?"

버럭 화를 내면서 아버지는 아그네시카의 손에 쥐어진 모자를 뺏으려고 손을 뻗었다. 하지만 실패하자 들었던 손으로 테이블을 꽝 치면서 흥분했다.

"그놈의 자식 목덜미를 잡고 개처럼 끌고 올 테니까 두고 봐라! 망할 놈의 자식 같으니라구!"

"집으로요?"

아그네시카는 비웃듯 말을 꺼냈다.

"집으로 데려 온다구요? 흥, 오빠에게 이 집에서 무슨 재미를 붙이란 말이에요? 어머니는 병석에서 악만 쓰고 계시고, 아버지는 멍하니 앉아서 이십오 년 전엔 연금으로 보드카 육십 병을 샀었는데 지금은 스무 병도 못 산다는 불평만 늘어놓고 있으니 누가 이런 집에 정이 붙겠어요? 더군다나 오빠는 혼자 쓸 방 한 칸조차 없는 실정이잖아요. 지금까지 어머니도 아버지도 이십여 년 동안 서로 진절머리 나는 생활을 해왔다는 게 솔직한 심정일 텐데, 왜 지금 와서 똥딴지같은 집 자랑을 하세요. 흥, 여기서는 그리스도와 스탈린의 구별조차 전연 할 수 없잖아요. 그건 어느 누구도 구별을 할 수 없을 만큼 이곳은 여유가 생기지 않는단 말이에요. 그런데 이런 집구석으로 오빠를 안식처라고 해서 끌어오려고 하나요? 정말 그럴 자신이 있으세요?"

아그네시카의 쏘아붙이는 말에 아버지는 아무 말도 못하고 있었다. 손가락 하나 까딱 않고 고개만 숙이고 있을 뿐이었다. 무릎 위에 깍지 낀 두 손은 혈액 순환이 안 되어 마치 죽은 사람의 손처럼 핏기가 없었다. 얼마 동안을 그렇게 계속 그 상태로 있다가 이윽고 입을 열었다.

"아그네시카야, 그럼 나는, 이 애비는 어찌 해야 된단 말이냐? 어떻게 해야 애비 된 도리를 다할 수 있는지 좋은 방법을 가르쳐 다오."

그는 다시 아그네시카가 쥐고 있는 모자 쪽으로 손을 내밀다가 힘없이 움츠려버렸다.

"그렇다고 너무 낙심하진 마세요. 일요일에 낚시질이나 가서 기분을 가볍게 전환하고 오세요. 오빠는 제가 알아서 할 테니까요."

아그네시카는 골마루로 걸어 나갔다. 코트를 걸치고 현관문 열쇠를 주머니 속에 막 넣으려는 딸을 아버지는 불러 세웠다.

"조심해서 다녀오렴. 아아, 오늘이 일요일이라면 얼마나 좋을까."

"오빠 여자친구가 찾아오면 오빠가 전할 수 있는 연락처를 꼭 적어 두고 가라고 하세요."

아그네시카는 현관 문을 나서면서 아버지에게 부탁했다.

"너는 그 여자가 찾아오리라고 믿고 있니?"

"아마, 십중팔구는 오지 않을 거예요."

아그네시카는 거리로 나섰다. 밤하늘은 구름이 뒤덮고 있어 매우 깜깜했다. 거리는 잔뜩 낀 구름 사이사이에 박혀 있는 별빛을 받으며 가만히 잠들어 있었다.

3장
결말을 맺지 못한 소설

"그 여자가 안 올 줄은 이미 짐작했었어. 나는 요즘 밤만 되면 견딜 수 없이 외롭단다. 부끄러운 얘기지만 눈만 감으면 그 여자 모습이 더욱 선명해진단다. 그녀는 나한테 두 손을 벌리고 무슨 말을 계속 하고 있는데 내겐 전혀 들리지 않아."

"실례합니다."

아그네시카를 알아본 안내인이 얼른 웃으면서 나왔다. 그는 앞니가 두 개나 빠져 있어서 어딘지 모르게 깡패 같은 불량스러운 인상을 줬다. 아그네시카가 묻기도 전에 그는 오빠 때문에 왔다는 걸 눈치 채고 먼저 말을 했다.

"저 안쪽의 바에 계십니다. 오늘밤엔 손님이 많아서 복잡한데, 어떻게 헤치고 들어가실 수 있겠어요?"

아그네시카에게 친절하게 안내해 준 그는 방금 떠들썩하게 떠들면서 들어온 새로운 한패의 손님을 맞이하러 그들 쪽으로 가버렸다.

아그네시카는 안내인이 알려준 대로 댄스홀과 바를 겸한 곳으로 들어갔다. 그곳은 어두컴컴하고 후끈거리는 사람들의 입김으로 숨이 막힐 지경이었다.

별 모양의 전등이 나지막한 천장에서 빛나고 있었다. 아그네시카는 댄스홀까지 다가갔으나 앞이 막혀서 더 이상 갈 수가 없었다. 좁은 댄스홀의 가운데는 사람들로 꽉 차서 남녀가 서로 부딪치고, 발을 밟는 혼잡을 이루고 있었다.

여자들의 옷차림은 대개 비슷비슷했고 값싼 향수 냄새를 제각기 자기 파트너 남자들에게 풍겨대고 있었다.

자욱한 담배 연기 속에서 방금 막 노래를 끝낸 곱슬머리 여가수가 혼잡 속에서 빠져나오려고 괴성을 지르는 바람에 바 안은 더욱 난장판이 되었다. 한 웨이터가 아그네시카에게 바짝 다가서며 말했다.

"실례합니다만, 좀 옆으로 비켜 주시겠어요? 댄스에 방해가 되니까."

그는 세련되고 약간 거무스레한 얼굴빛을 하고 있었으며, 머리는 포마드 기름을 발라 잘 빗어 뒤로 넘겼고, 웃을 때 살짝 보이는 금니 한 개가 썩 잘 어울렸다.

"미안합니다. 언제나 이렇게 대만원이랍니다."

웨이터는 미안하다는 듯이 약간 어색한 웃음을 지어보이고는 아그네시카 옆을 스쳐 지나갔다. 스쳐가는 입김에서는 술냄새가 풍겼고, 머리에 바른 포마드 냄새는 코를 찔렀다. 체격이 딱 벌어진 섹스폰 연주자는 밤무대 특유의 독특한 제스처를 써가면서 미국의 재즈 음악 흉내를 내고 있었다.

술에 만취가 된 여자가 괴이한 괴성을 지르면서 자기 남자 파트너의 목에 매달려 흐느적거리고 있었다.

아그네시카는 쓸쓸한 미소를 지었다. 음악이 끝나자 이제까지 미친듯이 춤을 추던 무리들은 땀에 흠뻑 젖은 얼굴들을 하고 하나둘씩 아그네시카의 옆을 지나 각자 자기 좌석으로 돌아갔다.

아직도 댄스 풀로워에서 비틀거리고 있던 한 주정뱅이가 고함을 질러댔다.

"춤을 계속 추자구!"

두 여자가 좌석에서 나와 그를 양쪽에서 부축하여 제자리로 돌아가자, 무대 위의 조명이 일시에 꺼졌다. 밴드들이 이마의 땀을 씻고 악기를 내려놓았다.

"아가씨, 당신은 모나리자 같군요."

뒤에서 누군가가 아그네시카에게 속삭였다.

"그런데 그런 슬픈 표정은 모나리자처럼 좋은 손목시계가 없기 때문인가요? 그렇다면 저와 얘기 좀 할까요."

아그네시카는 아무런 반응도 보이지 않고 잠자코 바 쪽으로 걸어갔다. 그곳 역시 사람들로 혼잡을 이루고 있는 것은 마찬가지였다. 그들은 소리치고 노래하고 서로 욕질하고 술잔을 부딪치고 또 키스를 하며 애무하고 있었다.

카운터에서는 흰 에프런을 두른 두 바텐더가 분주하게 움직이고 있었다.

한 명은 아담한 키에 상냥한 얼굴로 연신 방글대고 있었고, 다른 한 명은 후리후리한 키에 꽉 다문 입술이 가볍게 접할 수 없는 분위기를 자아내고 있었다. 그가 손님에게 서비스하는 태도는 너무도 침착하고 노련해서 꼭 수술대 앞에 선 노련한 외과 의사와도 같았다.

그는 주위에서 술렁대며 떠들어대고 있는 취객들에는 전혀 아랑곳하지 않고 오직 자기 할 일에만 신경을 집중하고 있는 모습이었다.

아그네시카는 얼마 후에야 겨우 오빠 구제고지를 발견하고 사람들을 헤치며 그곳으로 다가갔다.

그는 빙 돌아간 카운터의 구석 자리에 앉아 있었다. 누구한테 말을 걸지도 않고 멍하니 정면만 응시하고 있었다. 그는 큰 키와 진하지도 엷지도 않은 머리칼을 가지고 있었다. 눈은 아그네시카의 눈처럼 날씨에 따라서 엷은 하늘 빛이나 혹은 녹색으로 변하는 걸로 미루어 보아 역시 한 핏줄임은 속일 수 없는 모양이었다. 얼굴은 통통한 편이고, 코는 약간 낮은 편이며, 아래 턱이 짧은 편이었다.

구제고지는 양손으로 이마를 받치고 있었다. 아그네시카가 그 손에 자기 손을 살며시 대었다. 깜짝 놀라 고개를 들며 돌아본 그가 아그네시카라는 걸 알고서는 다짜고짜 물었다.

"그 여자 왔던?"

아그네시카는 머리를 흔들었다.

"아뇨. 그나저나 오빠는 이제 고주망태가 다 되었군요."

구제고지는 그냥 멍하니 움푹 들어간 눈으로 마치 생명이 없는 물체를 대하듯 누이동생을 물끄러미 바라보기만 했다.

"아아, 그래 네 말이 맞아. 그래, 내가 고주망태가 되었다고 해서 뭐가 어떻단 말이냐?"

모든 게 다 귀찮다는 목소리였다. 그리고는 신경질적으로 앞에 있는 물컵을 잡아당겨 벌컥벌컥 단숨에 마셨다.

"호호호, 아니에요, 아니에요. 그냥 해본 소리에요. 난 그냥 단지 오빠와 술을 마시고 싶어서 왔을 뿐이에요. 그저께처럼 취하고 싶지는 않지만 한잔 사주시겠어요?"

"또 네게 술대접을 하라. 그래, 그래 할 수도 있지."

그는 바텐더를 손짓해 부르고는 나직이 '한잔' 하고 속삭였다. 바텐더는 고개를 까딱하고는 이내 글라스에다 술을 가득 따랐다.

구제고지는 자기 글라스를 들고 아그네시카의 글라스에 째깍 맞부딪쳤다. 그리고 남매는 마셨다. 구제고지는 아그네시카를 무심히 바라보며 중얼거렸다.

"역시 그녀는 안 왔군."

목소리가 매우 착잡했다. 술이라도 잔뜩 취해서 그 여자를 잊으려고 안간힘을 쓰지만 마시면 마실수록 정신은 더욱 맑아져 그녀 생각이 더욱 간절해지는 오빠의 괴로운 심정을 아그네시카는 금방 읽을 수가 있었다.

"네, 아직 안 왔어요."

"너한테 듣지 않아도 짐작은 하고 있었어. 그런데도 왜 내가 새삼스레 묻는지 알겠니?"

그는 어색하게 입술을 일그러뜨리며 웃었다.

"다 알아요. 오빠가 얘기하지 않아도."

오빠는 그래도 알아줘서 고맙다는 듯 고개를 끄덕였다. 그리고 명랑한 바텐더에게 또 술 한잔을 더 청했다. 바텐더는 곧 술잔에 술을 채우고 사라졌다.

댄스 음악이 또 흘러나오기 시작했다. 술을 마시던 사람들이 기다렸다는 듯이 와아아, 하고 일어서서 무대 위로 뛰쳐나갔다.

"이미 짐작하고 있었어. 그 여자가 오지 않으리라는 것은. 난 요즘 밤만 되면 견딜 수 없이 외롭단다. 부끄러운 얘기지만 눈만 감으면 그 여자 모습이 더욱 선명해진단다. 그녀는 나한테 두 손을 벌리고 무슨 말을 계속 하고 있는데 내겐 전혀 들리지 않는 거야. 그녀도 나와 똑같이 역시 자기 집에서 나를 생각하며 기도하고 있을 거야. 그런데 내가 눈을 뜨고 보면 자와즈키의 낡은 침대와 천장뿐이야. 그리고 밤낮없이 똑똑거리며 떨어지는 수돗물 소리만이 들릴 뿐. 참, 그 수도꼭지 고칠 수 없니? 온밤을 천장을 바라보면서 물방울 소리를 세가며 멀뚱멀뚱 지새운다는 게 얼마나 괴로운지 너는 짐작이라도 할 수 있겠니? 택시가 집 근처에서 멈추는 소리가 나면 나는 금방 침대에서 뛰어내려가 창가에 귀를 기울인단다. 혹시나 그 여자가 올 것만 같기 때문이야. 다시 침대에 돌아와 누워서도 계단을 오르는 발자국 소리를 하나하나 세어보게 된다. 아아, 그러나 영영 그녀는 내 방을 노크하지 않았어. 아그네시카야, 제발 내일 당장 그 수도꼭지라도 고쳐서 물방울 소리라도 들리지 않도록 해주렴. 부탁이다."

"알겠어요, 오빠."

한참 동안 동생에게 넋두리를 늘어놓은 구제고지는 지친 듯 멍하니 있다가 다시 바텐더를 불렀다.

"한잔 더, 그리고 물도."

"이젠 그만하시지요, 손님."

바텐더는 많이 취했다는 듯이 아그네시카의 동정을 살피면서 그만 마시기를 권했다.

아그네시카는 머리를 흔들었다.

"아니에요. 한잔 더 드리세요."

바텐더는 술을 잔뜩 따라주고 갔다.

옆에서는 나이 먹은 두 남자가 술기운을 빌어 호기를 부리고 있었다.

"자아, 한잔 듭시다. 나는 외쩨크라 합니다. 선생님은?"

"유제크라 합니다."

"유제크라, 그럼 필스츠키 편입니까?"

"천만에요."

"그럼 다른 사람의?"

"아뇨. 어느 편도 아닙니다. 그냥 유죠구와 야츠코우스키입니다."

"아아, 그래요. 그럼 축배를 듭시다."

"브라보!"

아그네시카와 구제고지는 그들이 술김에 스트레스를 해소하는 농담이 맘에 들었다. 그들의 유제크는 요셉의 애칭이었다. 즉 이들은 소련의 독재자 요셉 스탈린과 폴란드의 독재자 요셉 필스츠키를 야유하는 농담을 하고 있었다.

댄스 음악은 어느새 탱고로 바뀌어 있었다. 아그네시카는 바와 댄스 홀을 가로지른 커튼 자락을 들추고 춤추는 사람들을 엿보았다. 커튼 옆에서 함께 엿보고 있던 키 작은 남자가 말했다.

"아아, 나는 이제 이 나라를 떠나야 할 것 같아. 이 나라에는 주정뱅이와 공산주의와 영웅밖에 없어. 보통 사람들은 이 나라에선 아무짝에도 쓸모가 없어. 그래서 나는 더 이상 견딜 수가 없어. 자, 여러분 안녕!"

키 작은 사내는 춤추는 무리들을 향해 손을 흔들면서 술값을 치르고 밖으로 나가버렸다.

"오늘이 목요일이지?"

구제고지가 물었다.

"아니에요."

"그럼?"

"열두 시가 넘었으니까 이미 금요일 아침이라고 할 수 있어요."

"그렇군. 일요일까지야. 일요일까지만 기다리면 돼. 그때는 어떤 식으로든 판가름이 날 테니까. 우리는 일주일 동안 잘 생각해 보자는 약속을 했어. 이제 이삼 일만 더 참으면 돼. 그런데 일요일 밤까지도 그녀가 오지 않으면, 그때는 만사가 모두 끝나버리고 말아. 정말 그때는……."

"정말 그렇게 된다면?"

아그네시카가 불안스럽게 물었다. 구제고지는 힘없이 고개를 들고 아그네시카의 눈을 바라보았다. 한동안 침묵이 흘렀다.

"그때는……."

"그땐?"

"아무렇지도 않을 거야. 그냥 살아가는 수밖에. 내가 인생에서 졌다는 걸 인정할 수밖에 별 도리 있겠니?"

구제고지는 씁쓸하게 웃었다.

"오빠는 진 것이 아니에요. 오빠의 일생은 아직도 창창해요. 오빠는 젊은 청춘이에요."

아그네시카의 말에 구제고지는 양어깨를 움츠려 보였다.

"젊은 청춘? 그게 도대체 무슨 의미가 있는데?"

그는 청춘이라는 말을 강조하면서 멸시하듯 비아냥거렸다.

"아그네시카, 도대체 지금 이 사회에 스물다섯 살의 청춘이 존재한다고 생각하니? 설사 존재한다고 하더라도 그게 무슨 의미가 있단 말이냐? 그 알량한 청춘이 과연 나에게 무슨 도움이 된단 말이냐? 너까지 그런 어리석은 소리를 하는구나. '우리에겐 미래가 있다. 우리 앞길에는 꿈과 기회가 기다리고 있다'는 따위의 감언이설을 믿는 젊은이가 과연 이 시대, 이 세상에 존재할까? 모든 인간의 감정은 신성한 법이야. 단 한 번의 인생인데 두 번씩이나 바보처럼 첫 번째 여자에게처럼 새로운 여자에게 온 정열을 쏟을 그런 순정파가 과연 있을까? 모든 것을 준다고? 흥, 그것은 결국 우리가 쉬쉬, 하며 감추는 세척기나 콘돔이나 중절수술 따위가 아니고 뭐겠니?"

"그래서요?"

"그래서, 나는 내가 스워바츠키라면 그의 작품 속 인물의 한 사람에게 이렇게 말하라고 시킬 거야. '인간의 정신은 결코 사라지지 않는 등불일까? 모든 선량한 인간 정신 앞에서는 성스러운 별을 대하듯이 무릎 꿇지 않으면 안 되는 것일까? 우리는 그 등불을 지키고 높이 들어야 하며, 그리고 조금이라도 타다 남은 불꽃이 있으면 자신의 숨이 끊어질 때까지 그것을 불어서 계속 살려내야 할까?'라고 말이야. 아그네시카, 지금은 이십 세기야. 이졸데는 매음굴에서 지내고 트리스탄은 변두리 술집에서 포주와 술을 마시고 있어. 오늘날 인간에게는 위대한 정신을 위해서 제공할 시간이 너무나도 적어. 그들은 새벽에 침대에서 일어나자마자 해장국을 들이마시고, 만원인 전차에 몸을 비벼 넣고는 거스름 돈 때문에 차장과 싸우고, 백화점에 가서는 엉터리 가구를 월부로 사들이고 있어. 이런 현대인들에게 무릎을 꿇고 기도하라고? 몇 해 후에는 좋은 운수가 돌아온다고? 흥! 그 따위 잠꼬대하는 작자에게는 가래침을 뱉어주어야 해. 오긴 무엇이 온단 말이야? 그래, 오기는 오겠지. 그런데 그것은 행복이 한 조각씩 썩어가는 운명이어서 문제지. 결국 인간에게는 미래에 대한 보장 따위는 있을 수 없어."

구제고지는 한참 열변을 토하고 나더니 바텐더에게 '한잔 더'라는 고갯짓을 했다. 바텐더가 가득 따라준 글라스를 그는 가만히 내려다보고 있었다. 두서너 개의 테이블을 건넌 자리에서 한 여자가 갑자기 일어나더니 기묘한 소리로 노래를 부르기 시작했다.

"나는 나는 아주 작아요."

그러자 옆의 남자가 재깍 받아서,

"그러나 너는 너는 매우 정력이 넘쳐서……."

남자는 마치 핑계대지 말라는 듯이 불렀다. 그러자 여자는 노래를 중지하고 몸을 상대편 남자에게 안기면서 혀 꼬부라진 소리로 뭐라고 중얼댔다. 섹스폰 연주자는 여전히 미국 재즈를 흉내 내고 있었다.

명랑한 바텐더가 구제고지를 흘겨보면서 물었다.

"커피 드릴까요?"

멍하니 있던 그는 그제서야 정신을 차린 듯이,

"아, 네 그래요. 아냐, 아냐, 소용없어. 오늘은 이상하게 통 취하질 않아. 근데, 넌 어떡할래?"

아그네시카는 고개를 까딱했다.

"그럼 여기 두 잔 주시오."

"네."

바텐더가 커피 두 잔을 그들 앞에 갖다 놓았다. 구제고지는 커피잔을 입에 대고 두어 모금 마시더니 시원치 않다는 듯이 머리를 옆으로 흔들었다.

"제기랄, 커피까지 뜨물 맛이구먼."

재빨리 눈치 챈 명랑한 바텐더는 두 팔을 벌리면서 애교라도 피우듯이 말했다.

"그게 요새 유행하는 가짜 커피인 걸 우린들 어떻게 할 도리가 있어야죠."

"흥, 참 잘 돌아가는 세상이구먼. 그것도 엉터리 신화에나 나옴직하겠군."

뜨물 같은 커피지만 덤덤하게 다 마신 구제고지는 아그네시카에게 조용히 말을 건넸다.

"좀 생각해 본 건데, 머지않아서 뭘 좀 써 보려고 해."

"뭐요? 소설?"

"하하하."

갑자기 그는 웃음을 터뜨렸다. 웃는 그의 눈언저리에는 주름살이 잡혀 있었다.

"물론. 하지만 쑥스러운 내용의 소설은 절대 아니야. 연애에 관해 쓴다는 것은 결국 자신을 웃음거리로 폭로시키는 것밖에 안돼. 지금까지 거론됐던 모든 연애소설은 적어도 미화시킨 도박 얘기에 지나지 않았어. 그러니 도대체 연애소설과 진실한 연애가 어떻게 상관이 있겠니? 난 지금까지 무려 이십 일 동안이나 밤마다 잠을 못자고 천장만 바라보며 고민해왔어. 이제는 내 자신과 감정에 대해서 무엇인가 의미를 찾아서 정리를 하고 싶어. 그런데 이제까지 이러한 문제에 대해서 씌어진 모든 기존의 것들은 마치 태양빛과 놋쇠빛을 비교한 것처럼 전혀 실감이 나질 않아. 도스토예프스키만은 예외지만 말이야. 우선 너부터라도 그가 그리는 연애 얘기를 읽어보면 시뻘겋게 달은 쇠에 손을 댄 것처럼 그 세계에서 영원히 도피하고 싶을 거야. 그가 그리는 세계는 현대인들의 생리랑 너무 부합하지 않거든. 우리가 사는 이 시대에서는 상상할 수 없는 감정들이 거기에는 그려져 있기 때문이야."

구제고지는 아그네시카 쪽으로 더욱 몸을 굽히면서 얘기했다.

"아그네시카, 하지만 내가 써 보려는 건 전혀 새로운 거야. 두 인간의 이야기지만 나는 그것을 그들의 본명으로 쓸 수도 없고, 그렇다고 다른 이름으로 꾸며 쓸려고도 하지 않아."

그는 이미 혀가 꼬부라진 상태여서 그의 얘기는 지루하기만 했다. 하지만 그는 가쁜 숨을 계속 거칠게 몰아쉬면서도 얘기를 멈추지 않았다.

"그래. 전혀 새로운 어떤 것이 표현되어야만 해. 음, 인생의 어느 불행한 모퉁이에서 만난 두 연인의 이야기로 하면 어떨까. 설사 그것이 누구의 이야기인지조차 모른다 해도 말이야. 아, 그러나저러나 우선 내 기분부터 결정해야겠어. 그렇지? 아그네시카야, 남자란 평범한 존재인 것 같지 않니? 그래 그들은 너무 평범해. 그리고 여자도 잘은 모르겠지만 역시 평범할 거라고 생각해. 아그네시카야, 그렇지 않니? 그래, 남자는 술고래에 불평가야. 그들에겐 술과 불평을 빼면 아무 것도 안 남아. 도대체 술과 불평에 무슨 의미가 있는 것도 아닌데 말이야. 더욱이 오늘날의 폴란드에서의 술꾼은 큰 혜택을 받고 있는 게 사실이야. 그들은 아무 이유없이 단지 세상을 잊어버리려고 술을 마구 퍼마신다는 자체만으로도 무슨 새로운 모랄처럼 통용되고 있으니 말이야. 남자가 술을 마실 때에는 무언가 다른 것이 그 남자를 삼키고 있다고들 하지만 너무 신경 쓸 필요는 없을 거야. 어쨌든 될 대로 될 테니까 말이야."

구제고지는 잠시 얘기를 끊었다가 다시 시작했다.

"자, 이제 우리 얘기로 돌아가 볼까. 음, 그 여자 말이야. 그 여자는 어떤 종류의 인간일까? 악마만큼은 그 여자가 어떤 사람인지 알고 있을지도 몰라. 그 여자는 이제까지 숱한 경험들을 해봤을 것이고 그 과정에서 일어난 일들을 운명이려니 하고 달게 받아들이며 살아왔을 거야. 그러나, 이번 일만큼은 운명으로 돌려서는 안 되리라고 봐. 이 못난 놈은 술먹고 취해서 모든 걸 잊어버리려고 매일 헤매다니지만, 그건 참을 수 없을 만큼 끓어오르는 뭔가를 죽여버리기 위해서야. 그러지 않고서는 지금 벌어지고 있는 이 고통, 이 현실이 나는 정말 견딜 수 없으리만큼 두렵기 때문이지. 아마 나와 똑같이 그녀도 자기 자신을 이 지긋지긋한 현실에서 도피시키려고 안간힘을 쓰고 있을 거야. 그녀 주위에 있는 남자 친구들은 이 사회에서 손가락질 하는 좋지 못한 친구들이야. 그네들은 언제나 고래처럼 술을 퍼먹고 말다툼 하고 심지어는 패싸움까지 하면서 살아가고 있어. 그런데 이런 문란한 생활을 하면서도 그네들은 그들 나름의 생활 철학은 갖고 있다는 게 명심할 점이야. 하여간에 가치있는 일을 위해서는 어떠한 것도 희생하려고 한다는 점이야. 이 현실이 더럽고 추하다 보니까 인생이 괴상한 작은 지옥처럼 느껴지지만, 그래도 인생 어딘가에는 작열하는 금속이 있을 거란 말이야. 그래서 우리 젊은이들은 그 불꽃을 잡으려고 강렬한 의지를 불태우고 있는 게 아닐까? 설령 날마다 시간마다 그 불기둥이 사그라든다 할지라도 절망하지 않고 되풀이해서 세우려고 하고 있어. 그러다 보면 결국 최후에는 모든 것이 잘 될지도 모를 일이니까. 아아, 정말 아무도 예측할 수 없는 불안스런 날들이야. 그런데 말이야, 인간들은 참 치사한 동물이야. 그네들은 다른 사람이 온갖 어려움을 다 겪고 난 후에야 하나마나한 도움의 손길을 뻗는다구. 참 우스운 일이지 않니?"

구제고지는 갑자기 몸을 똑바로 일으키면서 잡았던 아그네시카의 손을 밀어젖혔다.

"인간은 말이야……."

다시 그가 말을 이어 나갔다.

"자기 자신의 작은 세계도 제대로 지배하지 못하는 주제에 남의 영역까지 간섭하려 들고 있으니 참 기막히게 어리석은 짓이 아니고 뭐겠니? 그들은 땀과 기름으로 범벅이 된 더러운 손으로 콧마루를 씻어 내리면서 굉장한 비밀이나 되는 것처럼 귓속말로 비참한 음모를 은밀하게 속삭이지. '자네 아는가? 그 여자 마리야 말야. 어느 누구하고도 서슴없이 관계하는 더러운 여자라는 걸' 상대방 여자에게도 '이봐요 아가씨, 정신 차리세요. 그는 1947년에 미시리보즈그에서 역장을 죽인 무서운 놈이에요. 그것뿐인 줄 아세요? 회계원과 기술 보좌관까지 죽였다구요' 라고 말하지. 그리고 계속해서 어떤 놈이 어쩌구, 어떤 년이 저쩌구 하면서 지껄여대지. 이대로 가다간 인간은 사건을 꾸미고, 거짓을 전하고, 기괴망측한 허위 사실들만을 조작해내게 되지. 그러나 한편으로는 언젠가는 무엇이 진실이고 무엇이 허위이며 무엇이 중상이고 무엇이 사실인지, 누가 친구고 누가 배반자인지 알 때가 오리라는 위안을 갖고 살려고 하지. 하지만 현실은 그렇지도 않아. 현실은 무엇이 어떤지 진위 판단도 하기 이전에 두 사람의 주인공에게 큰 파문을 던져줘버리니까 두 사람은 이제 이별할 결심부터 하게 되는 상황이 벌어지지."

여기서 그는 말을 끊었다. 이미 취기가 올라 불그스레해진 그의 목근육은 흥분으로 마구 불끈거렸다. 명랑한 바텐더가 얼른 물었다.

"술 더 드시겠어요?"

그는 고개를 끄덕하고는 단숨에 한 잔을 받아 쭉 마셔버렸다. 아그네시카는 이젠 제발 그만 마셨으면 했다.

"오빠, 이젠 얘기 다 끝났죠?"

"아니야. 이것만으로는 얘기가 너무 간단해. 결국 그 두 주인공은 최후까지 철저히 서로를 이해하려고 하겠지. 그런데 나는 그 다음에 무엇이 올지 아직 생각 안 해봤어. 거기서 그 두 사람의 관계는 끝난 거나 마찬가지니까. 틀림없이 거기서 마지막이 될 거야. 그러나 우선 다른 무슨 사건이 일어나지 않으면 안 되겠는데… 그래, 그런 생각을 하고 있는데 그것이 무엇인지 확실한 구상으로 잡히질 않아. 흔히 볼 수 있는 그 평범한 사건의 구상 말이야. 이러한 내용을 담고 있는 내 책이 꼭 무슨 훌륭한 소설이 아니라도 좋아. 훌륭한 책이 되어야 한다는 이유는 전혀 없으니까. 하여간에 누구나 진실한 연애를 솔직하게 쓰는 사람은 아무도 없어. 우선 그것은 무서운 일이기도 하고, 어찌 보면 우스꽝스런 일이기도 하니까. 그래 맞아. 그런 연애를 하나에서 열까지 전부 남에게 알리려는 인간 따위는 정말 없을 거야. 자, 그러면 내 이야기를 어떻게 꾸민담… 필요한 것은 우선 어느 누구의 상상력에도 꼭 들어맞는 평범한 내용을 가져야 해. 병든 인간, 인간의 병? 이것은 누구에게나 다 같은 것일까? 달빛에 비친 물일까? 결국 내가 쓰는 소설에도 그런 것이 없으면 안 될 거야. 아그네시카, 너부터도 그런 생각이 들지? 그것보다도 좀 더 불가항력의 우연한 사고를 꾸미는 철도 사고는 어떨까? 천재지변은? 인간의 죽음? 아아, 그래 그래. 결국은 죽음이겠지. 아까부터 나는 특별히 평범한 거라고 했어. 그러니까 뭐니뭐니 해도 인간에겐 죽음 이상으로 평범한 사실이 없어. 그래 죽음으로 정하자. 그러면 다음에는 어떤 종류의 죽음으로 해야 하지? 불개미한테 물려 죽거나 혹은 높은 공사장에서 떨어지는 벽돌에 머리통을 맞고 죽는 걸로 할까? 아니면 자살? 그런데 누가 죽느냐가 문제야. 남자 편에서 죽을까? 여자 편에서 죽을까? 음, 죽음을 자살로 선택한다면 남자 주인공이 어울릴 것 같아. 뭐라 해도 남자가 여자보다 생에 대한 애착이 약한 편이니까. 그래, 그래. 그런 줄거리로 써봐야겠어."

구제고지는 이야기를 잠시 중단하고, 이마에 흘러내린 머리카락을 뒤로 쓸어 올리면서 얼굴의 땀도 닦았다. 그의 얼굴은 땀으로 약간 부은 듯하면서 창백했고, 눈이 핼쓱하게 쑥 들어가 있었다.

"그럼 결국 주인공은 자살하고 마는군요. 그리고 거기서 소설은 끝나게 되고?"

아그네시카가 물었다.

"아니야. 그걸로는 아직 끝이 안 났어. 거기가 이제 겨우 이야기의 중간쯤이라고나 할까. 아무래도 자살로 결말을 맺기에는 너무 독자들에게 어색할 것 같아서 말이야. 하기야 이 이야기가 무엇 하나 칼로 벤 듯이 분명한 해결을 지울 수 있는 성질의 것은 못되지만 말이야. 하여튼 끝이 문제인 것 같은데… 그런데 문학에 있어서 해피엔드란 저속한 취미에 지나지 않을 것 같아.

8요일

그래서 둘이 헤어지는 걸로 소설이 끝나면 어떨까? 아마 그 둘은 영리하게 살아보려고 애쓸 거야. 아니면 그 반대일지도 모르지. 그것까지는 아직 아무도 미리 알 수 없을 테니까. 하여간에 어찌됐든 그 부분에서 이야기는 맺어져야 할 거야. 도박은 끝난 거야. 하여튼 사랑하고, 사랑을 위해서 싸우던 그들은 서로를 잊지 못한 채 이별하게 되겠지. 요컨대 행복의 추구는 끝을 고한 거나 다름없겠지. 문제의 핵심은 늘 막연했지만 그래도 스탕달의 말처럼 인생은 일생을 희생으로 바칠 만큼 가치가 있다는 걸 내 이야기에서 보여줘야 할 텐데……. 이봐요, 당신 생각은 어때요? 인생이 희생할 만큼 가치가 있다고 봐요?"

구제고지는 엉뚱하게 바텐더에게 물었다.

"있다고 생각합니다."

바텐더는 무덤덤한 표정으로 대답했다.

"그래요? 나는 없다고 생각하는데. 하하하, 인생이 가치가 있건 없건 그건 아무래도 좋아요. 그러니까 여기 보드카나 두 잔 더!"

"오빠가 지금 기다리는 그 여자는 인정하지 않을 거예요."

아그네시카가 말했다.

"뭘?"

"오빠가 지금 구상하고 있는 소설의 사랑의 결말 말이에요."

"그 여자는 이제 다시는 내 곁으로 오지 않아."

"아아, 오빠는 정말 모든 걸 파괴할 작정이에요?"

"으음, 그래. 요컨대 나는 아무 것도 생각하고 싶지 않으니까. 사나이에게 가장 신성한 순간을 희생하라는 요구는 너무나도 참혹한 형벌이야. 도대체 그 추억이니 회상이니 하는 따위는 아무래도 우둔한 속물들의 위안에 지나지 않아."

"그 소설의 제목은 뭐라고 할 건데요?"

"으음, 갑자기 생각이 나질 않는구나. 써볼까 하는 생각이지 내가 쓰기는 뭘 쓰겠니. 결국 나는 소설가가 아니고 화학자니까. 제목 말이지, 으음, 글쎄 뭐라고 할까?"

구제고지는 왼손으로는 턱을 잡고 오른손으로는 이마를 문지르면서 골똘히 생각했다.

"아아, 머릿속, 입안에서 뱅뱅 돌기는 한다만 글쎄 뭐라고 하지. 뭔가 침묵에 관련된 제목, 남의 앞에서는 잠자코 있을 필요가 있다는 의미의 제목이어야 할 텐데. 어떤 표현이 적당할지……."

바 안은 어느새 텅 비어 있었다. 명랑한 바텐더가 큰 행주로 정성껏 카운터를 닦고 있었다. 커피 끓는 소리도 멎었고, 밴드들도 훨씬 전에 퇴장하고 없었다. 바 한구석에선 술에 취해 졸고 있는 사나이를 그의 일행이 되는 듯한 사람들이 잡아 흔들어 깨우고 있었다.

"브레크, 브레크! 그만 일어나게. 브레크, 글쎄 이게 무슨 추태야! 응? 정신 차리라니깐!"

"오늘은 이만 문을 닫겠습니다."

명랑한 바텐더가 알리고 있었다.

구제고지는 그제서야 의자에서 일어나 술값을 지불했다. 그들은 바를 나와 거리로 나섰다. 살을 저미는 찬바람이 거리를 휩쓸고 있었다. 구제고지는 아그네시카를 바짝 옆에 끼고 걸었다. 아그네시카는 구제고지의 손을 잡았다. 그의 손은 땀으로 축축이 적어 있었고 따뜻했다.

"그 여자가 올까?"

"어차피 좋은 애인 관계란 늘 헤어지기 마련이에요."

아그네시카는 졸린 듯 하품을 하면서 대답했다.

"하하하, 그래 네 말이 맞을지도 몰라."

구제고지는 큰소리로 밤하늘을 바라보며 웃어댔다. 그리고는 아그네시카의 손을 놓으며 말했다.

"아그네시카야, 어쩌면 이 일은 한 편의 동화에 불과할 수도 있어. 비록 너와 내가 나이 차이가 얼마 나지는 않지만 분명히 말해 둘 게 있단다. 나는 이제까지 일생 중에서 가장 좋은 순간을 가장 적절하게 만난 사람을 본 적이 없어. 그런 순간이란 인생에서 없는 법이고, 또 있을 수도 없다고 생각해. 언제든지 기회란 너무 늦게 오거나 아니면 너무 빨리 와서 사람들은 그 기회를 적절하게 활용할 수가 없게 되지. 다시 말하면 경험이 너무 많거나 너무 적다는 의미라고도 할 수 있겠지. 그러니까 인생의 행복은 언제나 그 무엇인가의 방해를 받고 있다고도 할 수 있어. 이 점에 대해서 너는 어떻게 생각하니?"

"몰라요. 하지만 나는 슬픈 일은 딱 질색이에요. 침묵과 암흑, 그런 건 죽은 사람한테나 어울리는 생리라고 생각해요."

"아, 이제는 술 좀 끊어야겠어. 오늘 새삼스럽게 너를 사랑할 것 같구나. 아그네시카야, 너만은 좀 나은 사람이 돼주었으면 좋으련만."

구제고지는 아그네시카의 어깨에 손을 얹었다. 둘은 발길을 멈추고 잠시 밤하늘을 쳐다보았다. 밤하늘이 점점 밝아지면서 먼동이 트기 시작했다. 하늘은 공허한 구름으로 덮여 있었다. 새벽녘의 뿌연 빛이 이슬 머금은 지붕 위를 비추고 있었다. 택시 운전사가 하품을 하며 우유 배달차 꽁무니를 툭 치고 지나갔다. 저쪽에서 누가 큰소리를 지르며 달려오고 있었다.

"나는 오빠가 너무 좋아요. 오빠, 이런 말 안 해도 제 마음 아시죠?"

아그네시카가 조그맣게 말하면서 구제고지의 손을 잡았다.

4장 누구도 대신할 수 없는 기억들

우리는 서로 다 고독하지. 아니, 완전히 고독하지. 이 고독한 심정, 고독해야만 하는 우리의 존재를 아그네시카는 알겠지. 그리고 아무리 우리가 갈망해도, 그 누구에게 호소해도, 우리의 이런 고독의 괴로움을 구원해 줄 자가 없다는 것도.

무성하게 자란 나뭇잎들이 하늘을 온통 뒤덮고 있었다. 잔디밭에 벌렁 드러누운 두 사람의 얼굴 위에는 수풀의 푸르름 외엔 아무것도 보이지 않았다. 지저귀는 새의 그림자조차 보이지 않았다.

훈훈한 풀 향기가 진하게 코를 찌르고, 잔디를 애무하듯이 불어오는 산들바람은 소나무와 참나무의 향기를 함께 실어 왔다. 이따금씩 다람쥐가 우거진 덤불 속에서 쪼르르 굴러나와 그 조그만 눈으로 조심스레 이리저리 주위를 둘러보았다. 그러다가는 불현듯 무슨 생각이 난 듯이 눈에도 보이지 않을 만큼 재빠르게 잎이 무성한 나뭇가지로 뛰어 올라가는 모습을 그들은 멍하니 바라보고 있었다.

"어렸을 때 기억에 남는 것은 저것뿐이야."

"다람쥐요?"

"응. 옛날에 집에서 다람쥐를 길렀었는데, 아마 열 살 때일 거야."

"이름이 뭐였어요?"

"요이샤. 참 귀여운 놈이었어. 그놈은 겁도 없이 나를 따랐었지. 그래서 나는 늘 그 다람쥐와 함께 다녔는데 내가 뭘 먹으려고 하면, 어느새 그놈은 눈치 채고 접시 속에다 코를 내밀기까지 해서 귀찮을 정도였지."

"그래서 어떻게 됐어요?"

"결국 그 놈은 죽었는데, 그것이 아주 묘한 자살이었어."

"아니, 다람쥐가 자살을 해요?"

"응. 다람쥐는 도토리나 개암을 먹어야 하거든. 그래야 다람쥐의 이빨이 적당히 닳아지게 되거든. 연한 것만 먹으면 이빨이 자꾸 자라나서 큰일이거든. 그런데 하루는 그 다람쥐를 보니 입이 봉해져 있었어. 제 이빨로 아래 위 턱을 꿰매버린 거야. 그 지경이 되도록 우리는 속수무책이었지. 결국 다람쥐는 우리가 죽인 거나 마찬가지라고도 할 수 있지."

"왜 도토리나 개암을 먹이지 않았어요?"

"그 무렵은 나치 군대에게 점령당한 때라 다람쥐 밥을 가려줄 만한 여유가 전혀 없었거든. 먹을 거라곤 빵부스러기가 고작이었거든."

"아아, 그랬군요. 그런데 정말 그뿐이에요?"

"그건 또 무슨 소리야?"

"당신이 기억하고 있는 과거가 고작 다람쥐뿐이냐구요?"

"왜 그것뿐이면 안 돼? 어디 과거를 모두 기억할 수가 있어야지."

"아이, 그러지 말고 생각나는 대로 전부 들려 줘요. 당신의 과거가 알고 싶어서 그런단 말이에요."

"다른 일이라… 다른 일은 기억하고 싶지 않아서 그래."

피에트레크는 어깨를 움찔해 보였다.

"그것 봐요. 당신은 많은 추억거리를 가지고 있으면서도 말을 안 하고 있잖아요."

"가지고 있기야 하지."

"호호호. 정말 우스워요."

"뭐가 그리 우습다는 거야?"

"우리의 관계에 대한 당신의 생각을 모르겠으니까요."

"모르겠다니, 뭘?"

"정말 모르겠어요. 당신의 태도는 날마다 틀리거든요."

"하지만 이봐, 아그네시카. 이제까지 내가 말하는 추억거리는 듣기 싫어했잖아. 언제나 내가 말하려고 하면 항상 말을 가로막아 놓구선."

"나는 나하고 관련된 얘기가 듣고 싶단 말이에요."

"그러나 그 추억거리는 나에겐 무척이나 중대한 체험이었거든."

"아이, 또 그 얘기 하시려고… 나는요, 당신이 제발 그런 추억은 잊어버렸으면 좋겠어요. 네, 제발 그런 기억은 잊어주세요."

"그럼 나에게 알고자 하는 게 뭐야?"

"이를테면……."

"이를테면 어떤 거야?"

"당신은 지금 여기서 뭘 생각하고 계시죠?"

"그것이 창피스런 생각이라면?"

"창피스러운 생각이라도 괜찮아요. 결국 아인슈타인과 함께 바르샤바를 산보할 수는 없는 거잖아요."

피에트레크는 두 팔로 무릎을 웅크려 안고는 거기에다 얼굴을 파묻었다. 아그네시카가 그의 얼굴을 들어 올렸다.

"내가 지금 생각하고 있는 건 말이야. 아니, 온몸으로 괴로워하고 있는 건 언제까지 이런 상태가 계속 되어야 하는 건가 하는 거야. 늘 카페나 공원이나 극장에서만 만났다 헤어졌다 하는 이런 안타까운 상태가 말이야."

그는 두 눈을 감았다. 괴로움을 참느라고 입 언저리를 깨물었다.

"아그네시카, 정말 벽이 있으면 얼마나 좋을까. 우리 두 몸을 가려 줄 장소가 왜 이렇게도 없을까. 아그네시카와 단 둘이 한 주일 동안이라도 아니 하루만이라도, 아니 단 하룻밤만이라도 함께 지낼 수만 있다면 정말이지 난 곧 죽어도 원이 없겠어. 언제까지 이런 초조한 상태를 참고만 있어야 하지? 이런 지루한 괴로움의 나날들이 지금까지 얼마나 많이 지나갔는데… 그리고 또 앞으로 얼마나 오래 계속될지… 우리가 처음 만났을 때부터 지금까지 우리는 생활의 안정을 얻지 못해 왔어. 그 지나간 세월과 잃어버린 생활을 어느 누구한테도 보장받을 수는 없어. 아아, 지금까지 우리는 희망스런 날을 가져본 적이 없는 것 같아. 그런데 또 언제까지 이런 날이 계속돼야 하는지……."

"피에트레크, 제발 그런 말은 하지 마세요."

아그네시카가 애원했다.

"나도 때때로 이런 생각은 하지 않으려고 몸부림 치곤 해. 하지만 소용없는 일이야. 우리는 서로 다 고독하지. 아니, 지독히 고독하지. 이 고독한 심정, 고독해야만 하는 우리의 존재를 아그네시카는 알겠지. 그리고 우리가 아무리 갈망해도, 그 누구에게 호소해도, 우리의 이런 고독의 괴로움을 구원해 줄 사람은 없다는 것도. 아아, 우리에게 벽 하나 제공해 줄 사람은 어디에도 없어. 참고 기다리는 수밖에 별 도리가 없어. 그래, 우리는 그때가 올 때까지 기다려야만 해. 그런데 말이야, 그 지루하고 오랜 세월을 기다려서 가까스로 우리가 원하던 방 하나를 얻었을 때는 이미 벌써 기다림에 지쳐서 그 기쁨을 즐길 만한 기력조차 없어져 버린다는 걸 상상해 봐. 그러니까 우리는 한정된 일생에서 귀중한 많은 시간들을 뜻도 없이 허무하게 보내버리게 된다는 사실이야. 아그네시카, 이게 얼마나 분한 일인데!"

"하지만 피에트레크, 벽 있는 방 한 칸을 갖지 못한 사람들은 우리 외에도 얼마든지 있어요."

"그래, 그건 사실이야. 하지만 그 사실이 지금 나한테는 조금도 위안이 되지 않아."

"피에트레크, 이런 게 바로 인생이에요."

"그런 말은 정말 듣기도 싫어. 그래서 어떻단 말이야. 그렇게 쫓아가며 사는 게 결국 무슨 의미가 있단 말이야? 도대체 우리에게 무슨 도움이 된단 말이야?"

"모든 것에 의미나 뜻이 담겨 있는 건 아니에요."

"모든 것이라… 그렇겠지. 그러면 이걸 달리 말하면 동시에 아무것도 아니라는 무의 개념과도 같겠군."

"그럴지도 모르죠. 이봐요, 피에트레크. 지금은 여름이에요. 어디 휴양이라도 가 보는 게 어때요?"

"휴양을 가 본들 별 수 있겠어. 돌아오면 다시 모든 것이 똑같이 되풀이될 텐데. 아그네시카, 우리는 서로 사랑하면서도 어두워지기만 기다렸다가 은밀한 곳에서 키스하는 게 고작이야. 그리고는 언제나 고독한 몸으로 헤어져 각자의 집으로 돌아가야만 해. 그 뒤에는 긴긴 밤을 잠 한잠 못 자면서 어떻게 우리 둘이는 구원받을 수 있는지에 대해서 이리 뒤척 저리 뒤척 고민하고, 또 고민하고… 그러면서 우리는 애타게 서로를 그리워하게 되고, 만나고, 만나면 다투고 욕까지 하게 되는 거야. 하지만 아그네시카, 사랑하고 있지 않다는 것보다도 벽으로 둘러싸인 방 한 칸을 얻지 못하고 있다는 것에 문제의 원인은 있는 거야. 만약 로미오와 줄리엣이 1956년에 이 바르샤바에 살았다고 하더라도, 그들 역시 우리처럼 서로 사랑할 수 있는 기회와 장소를 갖지 못했을 거야. 그런데 제일 안타까운 건 이런 상황이 그 누구의 잘못도 아니라는 사실이야."

거기서 그는 잠시 말을 끊었다. 그리고 한참 동안 푸른 수풀의 천장만을 쳐다보고 있다가 마침내 얘기를 다시 시작했다.

"그런데 말이야, 가장 견딜 수 없는 것은 내가 아그네시카를 진실로 사랑하고 있다는 사실이야. 만일 서로 사랑하고 있지 않은 사이라면 문제야 간단히 해결할 수도 있지."

"어째서요?"

"뭐, 전부인 동시에 무이기도 할 뿐이야."

그는 두 팔을 베개 삼아 드러누워, 무성한 나뭇잎 사이를 통해서 기울어져 가는 붉은 태양을 바라보고 있었다. 어느덧 해도 지고 황혼이 짙어져 가고 있었다. 수풀은 점차 어둠 속에 잠기고 나뭇잎도 점차 푸른 빛을 잃어가고 있었다.

근처에 군인들의 사격장이 있었다. 하루의 훈련을 마친 군인들이 흥겨운 노래를 부르며 돌아오고 있었다.

"길고 긴 밤이여 그 밤에 에에……."

군인들의 군화 발자국 소리와 노래 소리가 점점 멀어지기 시작했고, 훈훈한 산들바람은 졸음을 유혹했다.

"이봐요, 피에트레크."

"응?"

"방 빌렸어요?"

"응."

"그럼 내일 갈 수 있어요?"

"응."

"그럼 그분은?"

"하룻밤 어디로 피해준댔으니까 괜찮아. 드디어 우리만의 밤이야."

"나하고 방을 쓴다는 말은 안 했겠죠?"

"물론이지."

"그런데 나는 집에다 어떤 핑계를 대죠?"

"제일 좋은 방법은 아무 말도 하지 않고 가만히 있는 거야."

"하지만 엄마가 또 신경 발작을 일으키면서 집요하게 물으면 말을 하지 않을 수 없잖아요."

"시골 갔다 온다고 하면 되잖아."

"시골요? 시골, 어디를요?"

"아무 곳이나 생각나는 대로 말하면 되겠지 뭐."

"그런데 뭐하러 가느냐고 물으면 또 뭐라고 대답하죠?"

"그때는 아무렇게나 적당히 얼버무리면 되겠지 뭐."

"그러지 말고 피에트레크, 좀 좋은 핑계거리를 생각해 보세요."

"장소로서는 레시나 별장지대도 괜찮겠지. 그 이유는 친구들과 시험공부를 하러 간다고 하면 될 테고. 그런데 왜 그런 세세한 문제까지 나에게 묻는 거야? 지금 도대체 아그네시카 나이가 몇 살인데 그런 어린애 같은 소릴 하고 있는 거야?"

"스물두 살이에요. 그러는 당신은 몇 살이죠?"

"나는 백 살이야."

"어떻게 해서요?"

"나이가 생년월일하고 상관없을 때도 있는 거야. 지금 세상에서는 하루 하루가 일 세기에 해당되는 장소도 있으니까."

"이제는 두 번 다시 그런 일 없겠지요?"

"그런 전쟁의 비극이 또 일어나면 이번엔 살아남는 인간이라곤 전혀 없을 거야. 내가 잡혔을 때, 나는 제일 먼저 아그네시카를 생각했었어. 무슨 뜻인지 알겠어?"

"어디서 체포되었는데요?"

"바르샤바 시내에서."

"그때는 나를 모르고 있었던 때 아니었어요?"

"그런 건 문제가 되지 않아. 하여간에 나는 석방만 되면 아그네시카와 꼭 만날 생각을 하고 있었으니까. 만나기만 하면 다시는 헤어지지 않고, 그런 지옥 같은 곳에는 안 가겠다고 맹세했어. 나는 그 감옥 속에서 날마다 아침 해와 함께 죽었고, 또 다시 살아나곤 했었어. 그 수용소의 사령관은 우리에게 늘 이런 위협을 했었어. '여기는 너희들의 보호소야. 이곳에서 나가게 되면 너희들은 죽음의 칠성판에 눕게 될 거야' 라고 말이야. 그리고 우리를 고문할 때면 늘 큰소리로, '너희들을 공산당 방식으로 죽이겠어. 뒤통수에 총을 탕탕 쏘아서 말이야' 그럴 때마다 나는 늘 아그네시카를 생각하며 그 고비를 넘기곤 했어."

"그 나치 대령은 지금 어떻게 됐어요?"

"그 사령관 말이야?"

"네."

"체포되었다고 어느 잡지에선가 읽은 기억이 나."

"그런 지독한 경험을 하고 나온 당신은 지금 얼마나 행복하세요?"

"아니야. 나를 행복하게 하기에는 모든 것이 너무 늦었어."

"이제는 그때 그 일은 완전히 잊으셨겠죠?"

"응. 그런데 만일 아그네시카를 만나지 못했더라면, 언제까지나 잊을 수 없었을 거야. 지금 내 생각인데 말야, 그 지독스런 지난 날들을 보상해 주기 위해서 운명의 여신이 아그네시카라는 사랑스런 여인을 나에게 보내줬다고 생각해. 그러니까 지금 아그네시카는 나의 전부야. 그리고 나의 생명이야. 아아, 하지만 그래도 그때의 일을 완전히 잊는다는 것은 결코 쉬운 일이 아니야. 아무리 잊으려고 해도 잊혀지지 않는 일들도 있기 마련이거든."

"하지만 이제부터 두 번 다시 그런 일은 없을 거 아니에요."

"어째서 그런 말을 할 수 있지?"

"그럴 만한 이유가 있기 때문이죠."

"그래, 그럼 다행스럽게도 그렇게 될지 모르겠군."

"피에트레크, 만일 우리가 어디다 방을 갖게 되면 일 년 동안은 아무도 우리들 방에 들어오지 못하게 해요. 방문에 크게 써 붙이겠어요. '주인 부재. 일 년 동안 여행중' 이라고요."

"하하하, 그건 너무 우습지 않아?"

"왜요?"

"내가 감옥에 있을 때 동료 한 사람이 그와 똑같은 꿈을 꾸고 있었지. '나는 이 매력없는 좁은 감옥을 나가면 집안에 문이란 문은 모두 꼭꼭 걸어 잠그고 일체 세상에는 얼굴을 내놓지 않겠어. 아아, 마음속에 품고 있었던 자유 따위는 개똥보다도 쓸모 없다고!'라고 매일 타령했었지."

"피에트레크, 가구는 어떤 모양의 것으로 장만할까요?"

그러나 그는 아그네시카의 꿈에 부푼 새로운 신혼 계획은 들으려고도 하지 않고 자기 말만 계속해댔다.

"가끔 우리는 아무도 잠을 자지 못한 적이 있었거든……."

아그네시카는 자기가 무슨 말을 하려고 해도 피에트레크가 귀를 기울이려고 하지 않았으므로, 이미 수차례 들어왔던 그의 옥중 경험담을 다시 들어주기로 했다. 그는 계속 얘기했다.

"우리들은 매일 귓속말로 소곤소곤대며 속삭였었지. 서로 숨김없이 남이 들어주건 말건 계속 속을 털어 놓았지. 그 얘기가 사실이건 망상이건 상관없이 말이야. 어떤 때에는 상대방에게 진정 애원하다시피 할 정도였으니까. 그러나 진정 무엇 때문에 그러는지 자신들조차 몰랐어. 왜냐하면 그런 남의 잔소리를 침착하게 들으려고도 하지 않았고, 모두가 자기 자신의 세계를 상상하느라 바빴으니까 말이야. 즉, 우리는 모두가 사실이 아닌 자기만의 문제를 망상하며 지냈다고 할까."

"그런 얘기 이젠 제발 그만 하세요. 그보다는 이제부터 우리가 살아나갈 계획에 대해서나 얘기해 봐요. 으음, 이를테면 장차 내가 낳을 당신의 아들 문제라든가. 참, 첫아들에겐 휘오돌이란 이름이 어때요? 도스토예프스키의 작품에 나오는 그 이름이 나는 참 좋던데."

그러나 피에트레크는 대꾸도 하지 않고 자기 말만 여전히 계속했다.

"나는 모든 것을 회상했었지. 내 전 생애의 아주 사소한 사건까지도 전부 모조리 잊지 않고 분명하게 하나하나 되풀이해서 생각했단 말이야. 심지어는 단 한 번 만났다 헤어진 사람의 얼굴까지 명확하게 떠올리고, 그때 했던 얘기 중에서 낱말 하나하나까지도 기억해 낼 수 있었으니까. 어느 날 그 어떤 밤에는 무슨 일이 있었다는 것조차 생생하게 회상할 수 있었지. 그 뒤에는 마침내 내가 옛날에 한번 생각해봤던 일까지도 하나하나 더듬으려고 했었으니 생각해 봐, 얼마나 한심한 짓인지. 아니야, 이건 심각한 문제였다고 할 수 있어. 오 년 전에 생각했던 것, 십 년 전에 생각했던 것을 다시 머릿속에서 끄집어내어 회상해 보았으니 말이야. 그런데 그 결과에 나는 놀라지 않을 수가 없었어. 그것은 그동안 내가 아무것도 해놓은 게 없었다는 사실이었어. '내가 도대체 무슨 일을 해왔던가? 나는 무슨 과오를 저질렀기에 여기에 있는 건가?' 하고 골똘히 생각해봤지만

이 점에 대해서 나는 백지였고, 아무도 알려 주는 사람도 없었어. '나는 왜 아무런 인생의 보람도 맛보지 못하고 실패만 하였던가? 혹시 친구 중에 스파이가 있었던 게 아닌가? 어떤 자가 정치 경찰의 포승으로 나를 묶었단 말인가? 나를 도대체 이런 감옥에다 가두어 놓은 자가 과연 누구일까? 놈을 어디서 무슨 관계로 만났던 적이 있었던가? 그러면 내가 체포된 이유는 과연 뭘까? 내가 그 자에게 어떤 말을 잘못했기에 꼬리를 잡힌 것일까? 이러한 의문 끝에 나는 드디어 어느 한 사나이에게 생각의 초점이 집중됐지. 그러자 바로 이 사람이 내가 찾고 있던 사람이라는 확신도 갖게 돼버렸어. 그래서 나는 계속 내가 그놈에게 무엇을 했으며, 그놈은 또한 무슨 일을 했는지, 그놈은 고의로 나를 고해 바쳤는지, 아니면 자기도 잡히자 나까지 함께 고해버린 것인지에 대해서 생각해봤어. 그러다보니까 나는 결국 그 알지 못하는 놈에 대한 분한 마음을 참을 길이 없었어. 그러나 이런 과정은 내 스스로가 나를 괴롭히는 일밖에 되지 않았어. 그래도 계속 나에게는 한 인물이 집중적으로 나타났다가는 다시 다른 인물로 교체되면서 똑같은 연상의 꼬리를 물게 되었지. 그놈과 내가 어디서 만났는지, 그놈은 대체 어떻게 생긴 놈인지, 그놈에게 나도 모르게 무슨 말을 흘리지나 않았는지 말이야. 그래서 어떤 조건을 가지고 밀고한 것이 아닌지, 이런 생각을 계속해서 무기한으로 되풀이 했었지."

"제발, 제발 피에트레크, 그런 생각은 이제 잊어버리는 게 좋아요."

아그네시카는 타이르듯이 또 애원하듯이 부탁했다.

"지나간 실패를 문제 삼아 원망하기보다는 이제부터는 앞으로 어떻게 살아갈까 하고 생각하세요. 중요한 건 이제는 우리 둘뿐이잖아요. 자아, 내 곁으로 다가오세요. 내가 당신을 안아드릴 테니까요. 나한테 몸을 맡기고 있으면, 그 따위 쓸데없는 생각은 나지 않을 거예요. 아파트 문제도, 감옥의 기억도… 당신을 괴롭히고 있는 모든 악몽들이 당신의 마음속에서 사라져 버릴 거예요. 가장 중요한 것은 우리의 문제가 아니겠어요? 네, 아시겠어요?"

"으응. 그건 그래. 그런데 말이야, 나를 밀고해서 감옥에 넣은 놈, 그 비밀 정치 경찰이 어떤 놈인지 죽을 때까지 모르고 지내도 된단 말이야?"

"그래요. 모르고 지내는 게 마음 편해요. 도대체 그 자를 알아 내시면 어떻게 하시게요? 복수라도 해서 원한을 푸실 작정이신가요?"

"아냐. 그런 건 아니지만 말이야… 그래도 나는 다만 그놈의 상통이라도 잠깐 보고 싶어서 그래. 단지 그놈의 얼굴을 보기만이라도 했으면 좋겠어. 그놈을 한번 보기만 해도 내 인생의 많은 점이 명백해질 것 같아서 그래. 아마 그동안 내가 고민해왔던 모든 의문들이 풀릴 거야. 내가 때때로 잊지 못하고, 그 일을 생각하는 이유가 바로 이 때문이야. 내 지금 생각으로는 그것을 위해서라면 모든 걸 잃어도 좋을 정도야."

"아아, 그럼 나까지도?"

"으음, 아그네시카까지 잃더라도……."

"그렇다면 당신은 당신을 위해서도 나를 위해서도 아무것도 모르는 편이 나아요. 자아, 이제 그만 돌아가죠?"

"벌써? 아직 이른데."

"오늘밤에 난 밀린 공부 좀 해야겠어요."

"이봐, 아그네시카."

"네?"

"만일 나한테 지금 아그네시카가 없다면, 나는 정말 살아갈 희망이 없어질 거야. 아그네시카는 지금 내가 진심으로 믿을 수 있는 유일한 사람이야. 나에겐 아그네시카 밖에 아무것도 없어. 만일 아그네시카까지 없다면 나는 모든 것을 완전히 파괴해버리겠어. 다시 말하자면, 장차 절대로 여자를 사랑하지 않기 위해서, 결코 인간을 믿지 않기 위해서, 다시는 나 자신이 고민을 하지 않기 위해서 그렇게 해야만 돼. 아그네시카가 없다면, 감옥의 철문에서 나왔어도 전혀 무의미했을 거야. 감옥 담벼락의 반대편에 서 있는 것에 지나지 않았을 테니까. 아그네시카, 이런 내 심정 이해할 수 있겠어?"

"네, 잘 알 알아요. 그러니 이젠 그런 얘기 그만 해요. 그보다 이제는 우리의 앞날을 얘기하도록 해요."

"나도 그 점은 생각하고 있어."

"아아, 정말 고마워요. 그럼, 지금 나하고 약속해요. 약속 조건, 우리의 장래에 대한 생각만 할 것. 따라서 그 밖의 일은 일체 입 밖에 꺼내지 않을 것. 어때요? 좋죠?"

"으응, 좋았어."

"그렇다면 우리 집까지 바래다 주시겠어요?"

"그래 그래, 자 어서……."

피에트레크는 아그네시카의 손을 잡아 이끌었다. 그들은 풀밭에서 일어서서 옷에 붙은 검불을 털고, 전차가 있는 거리로 걸어 나왔다. 숲은 어둠 속에서 조용히 거대한 모습을 하고서 밤 속으로 잠겨가고 있었다.

5장
휘청거리는 부레스카의 밤

아그네시카는 기진맥진한 몸을 벽에 기대었다. 두 사람이 한숨 돌리고 나자 그 동안의 긴장과 피로감이 한꺼번에 엄습해 왔다. 아그네시카는 창백한 얼굴을 벽 위에 얹었다. 아그네시카의 눈은 노여움으로 가득 차 있었다.

부레스카 거리는 아직도 밤이 깊어가는 것도 모르는 채 혼잡에 싸여 있었다. 남자들은 자기네 집 앞에 나와서 웅성거리고 있었다. 그들은 모두 셔츠 앞가슴을 터놓고 있었다. 드러난 가슴도, 머리칼도, 얼굴도 온통 땀이 배어 번들거리고 있었다.

초저녁의 차분한 남빛 하늘 밑에서는 집들도, 사람들도 거리도 나무들도 모두 어둠침침한 공기에 싸여 있었다. 서 있는 사람, 앉아 있는 사람, 길을 건너서 왔다갔다 거니는 사람, 웅성거리는 사람들 틈에 끼여서 말참견하는 사람, 가로등 사이를 거닐고 있는 사람, 잔디가 깔린 좁은 공지의 벽을 끼고 거니는 사람, 지저분하게 먼지 쌓인 창문 턱에 덥수룩한 머리통을 내밀고 있는 사람 등등이 거리를 메우고 있었다. 그리고 열려져 있는 출입문 틈으로 보이는 술집에서는 맥주, 보드카, 값싼 포도주 등을 먹고서 구역질을 웩웩 해대고 있는가 하면, 다른 한쪽에서는 붉그스레 취기 오른 사람들이 악을 쓰며 이야기를 하고 있었다.

바람은 남자들의 땀과 담배와 알콜에 섞인 텁텁한 냄새들을 실어 나르고 있었다. 그 남자들 사이로 여자들이 거침없이 지나가고 있었다. 어떤 여자는 다 낡아빠진 작업복을 입고 있었으며 어떤 여자는 슬립 위에 아무렇게나 되는 대로 코트를 걸치고 있으며, 어떤 여자는 번쩍번쩍 빛나는 금속광택 장식을 달고 있는 옷을 입었는데 겨드랑이 밑이 둥그렇게 땀에 배어 까맣게 자국이 나 있었다.

남자에게 매달려 빨리 집으로 가자고 재촉하는 여자, 그런가 하면 술집에 나가는지 요란한 치장을 하고 재빠르게 뛰어가는 여자, 그 중에는 시끄럽게 악을 쓰며 남자들과 싸우는 여자도 있었다. 그 여자는 자기 남편을 억지로 술 취한 친구들 틈에서 떼어내려고 악다구니를 쓰느라 목이 바짝 쉬어 있었다. 하여간에 온 거리가 후덥지근한 술기운으로 더욱 지저분하고 소란스러웠다.

아그네시카는 이 거리의 생리를 잘 알고 있었다. 토요일, 일요일, 그리고 공휴일 전날 밤의 이 거리는 항상 이렇게 왁자지껄 마셔대고, 고함치느라 정신이 없었다. 이쪽의 벽돌담에서 저쪽 허물어진 벽돌담까지 이르는 이 소란스런 사람들 틈을 지날 때마다 아그네시카는 공포심으로 가슴이 오그라 붙었다. 정말 구역질이 날 만큼 난잡하고 추잡스런 거리였다. 아그네시카는 이런 공포 속에서 자라왔다.

아그네시카는 이런 술주정뱅이들을 피해가면서 이 거리를 빨리빨리 빠져나가려고 온갖 애를 썼다. 그러나 제 아무리 애를 써도 그들 속을 피해 갈 수가 없을 경우에는 그 주정뱅이들에게 악다구니를 써가면서 밀어젖히고 빠져나왔다.

오늘도 음탕한 곁눈질을 하는 그 추잡스런 소굴 속을 빠져 나오려고 미리부터 아그네시카는 긴장된 마음으로 피에트레크 옆에 바짝 붙어서 부지런히 걸었다. 그들은 서로의 팔로 허리를 꽉 껴안고 그 길을 걸었다.

거기서 아그네시카의 집까지는 수백 야드밖에 안 남았으므로 처음에는 그 주정뱅이 사나이들 모르게 지나갈지도 모른다고 생각했었다.

바로 그때, 몇 명의 사내들이 무더기 지어 서 있던 어느 집앞에서 한 놈이 피에트레크에게 농을 걸기 시작했다.

"야, 이봐! 그 여자 그거 조심해라. 안 그러면 큰 코 다쳐. 병도 지독한 병이니까."

화가 버럭 치민 피에트레크가 놈들에게 달려가려고 했다. 아그네시카가 발을 동동 구르며 말렸다.

"제발 그대로 놔두세요. 오히려 우리가 창피하니까요. 그냥 모르는 척하고 지나가는 거예요, 네?"

"저런 추잡한 욕을 하는 놈들을 어떻게 그냥 놔두고 간단 말이야. 이 손 놔!"

"맞서서 싸웠다가는 오히려 저놈들에게 당한단 말이에요."

피에트레크를 붙잡고 온 힘을 다해 말리다가 힘이 빠져버린 아그네시카는 피에트레크의 손등을 손톱으로 꽉 꼬집고 말았다. 살점이 떨어져나가는 아픔이었다. 그래도 피에트레크는 그 주정뱅이들이 농을 걸어올 때마다 불끈불끈 두 주먹을 쥐고는 맞서려고 애를 쓰고 있었다.

아그네시카는 애원하듯이 매달려 속삭였다.

"정말 창피하게 저놈들하고 싸울 거예요? 그렇다면 나는 같이 안 갈 거예요. 혼자 도망치는 게 훨씬 나아요!"

아그네시카가 얼굴을 사납게 일그러뜨리고 위협을 하자, 피에트레크는 분하지만 어쩔 수 없다는 듯이 그냥 모르는 척 그 주정뱅이들을 제치고 걸어갔다. 그러자 다시 뒤에서 누군가가 말을 걸어왔다.

"이봐, 왜 너희들은 저 아가씨를 성가시게 구는 거야. 나는 저 아가씨를 안단 말이야."

"그래? 얌전한 여잔가?"

"그렇구 말구. 아주 참한 색시지."

그러자 피에트레크가 벌컥 화를 내면서 윽박질렀다.

"닥쳐! 지나가는 여자에게 무슨 추잡한 행동이야!"

"옳아. 이 녀석은 우리들을 아주 깡패로 취급할 셈이군. 그래 좋다. 깡패란 항상 저런 아가씨를 좋아하게 마련이지."

"헤이! 베비 돌!"

"자! 나하고 딱 한 번만 자 보자구!"

"이봐, 아가씨! 여기 좀 보라구."

"그렇게 쌀쌀맞게 굴지 말고."

"꼭 일본 기생 같은데."

"저 계집하고 자네 자 본 적 있나?"

"내가? 나는 꽁생원이라 그런 짓은 못해."

"아하, 그래? 그럼 너는 어디서 그런 자제력을 배웠지? 설마 고자대감은 아니겠지? 하하하."

"이봐, 남의 걱정하지 말고 자네 걱정이나 하지. 만일 저 계집애를 자네에게 바치면 자네는 아마 여섯 번은……."

"글쎄, 육 개월 동안은 그럴지도 모르지."

이때 피에트레크는 참지 못하고 그들에게 뛰어가려고 아그네시카의 팔을 뿌리쳤다.

"제발 피에트레크, 참아요. 나를 위해서라도 제발 참아요!"

아그네시카가 피에트레크의 가슴에다 바짝 대고 날카롭게 속삭였다. 분을 참지 못하는 피에트레크의 얼굴이 벌겋게 달아올랐다. 그러나 음탕한 주정뱅이들의 농지꺼리는 여전히 계속되었다.

"이봐, 아가씨! 아직 독수공방이신가?"

"내가 교섭해 볼게. 그런데 저 젊은 양반께서 양보할지 모르겠네."

"보아하니 아주 매서운 여자인데… 즈비시코, 자네 따위는 맞아 죽고 말것 같은데."

"아아, 나는 저 여자하고 한 번만이라도 잘 수 있다면 죽어도 원이 없겠어."

"직접 부닥쳐 봐. 혹시 의외로 네 원이 속시원히 풀어질지도 모르니까."

"암. 그럼 그럼. 내가 누구라고 감히 저 계집애 따위가 거절하겠어."

"그런데 이봐, 저 계집애한테 마하로부스키가 굉장한 선물을 받은 걸 자네는 아나?"

"뭔가? 매독인가?"

"매독 중에서도 일등품인 시베리아 매독이지."

참지 못한 아그네시카가 버럭 소리를 질렀다.

"듣기 싫어요! 정말 왜들 이러는 거예요!"

"야아, 저런 향내 나는 소리를 듣고 보니 정말 천하 미인일세 그려!"

"아아, 하느님, 너하고 한 번만 자면 죽어도 여한이 없겠다. 죽어서 지옥에 가더라도 좋아!"

"나는 올라이트라도 환영하마."

"아따, 그놈 제기랄! 아주 사죽을 못 쓰는군. 첫눈에 완전히 반해버렸구먼."

"그래서 어쩐단 말이야!"

"어이 이봐, 서둘지 말라니깐 그래."

"허허, 선량한 양반이 노하시니까 무섭군 그래."

"내 것은 언제나 노해 있는데 도대체 누가 자장가를 불러 재워준담."

"쳇, 그까짓 물딱총으론 저 계집애한테 명함도 못 내밀걸."

그들은 잠자코 걷고 있는 피에트레크한테 손가락질을 해대며 지껄였다.

"저놈은 토끼 모양으로 방정맞을 거야."

"그래도 저놈이 저 계집애를 기쁘게 울려 줄지도 모르지."

그들은 점점 입에 담지도 못할 만큼 음탕한 소리를 저희들끼리 주고받았다. 아그네시카와 피에트레크는 그들의 포위망에서 빠져나가려고 빠르게 걸었다. 그래도 그들은 끈덕지게 따라오면서 놀려댔다. 아그네시카로부터 발언권과 행동권을 제지당하고, 그냥 약하고 온순하기만 해야 하는 애인 피에트레크는 울분을 참느라고 혼자 식식거렸다.

"야아, 이봐 아가씨! 너 그 방식 알고 있니?"

"아쉬울 때 내 것 좀 빌려 줄까?"

"아니야. 거저 빌려 주면 대장부의 명예 손상이야. 나는 친한 친구가 결혼했을 때, 내 것을 빌려 줬는데 그놈이 고맙다는 말 한 마디 없더라구."

"그럼, 여잔 역시 돈으로 사야겠군."

"네가 그런 체면도 알고 있다니 제법이구나. 도대체 돈을 얼마나 가졌기에 큰소리냐?"

"이십 즐로티야."

"이놈아, 그까짓 돈으로 뭘 하겠다는 염치야?"

주정뱅이들의 이런 험담을 뒤로 하면서 아그네시카와 피에트레크는 간신히 아그네시카의 집 문 앞까지 걸어왔다. 그곳은 어두웠다. 어두운 게 오히려 그들에게는 다행이었다.

지금 들리는 것은 오직 두 사람의 격한 호흡소리뿐이었다.

아그네시카는 기진맥진한 몸을 벽에 기대었다. 두 사람이 한숨 돌리고 나자 그동안의 긴장과 피로감이 한꺼번에 엄습해 왔다. 아그네시카는 창백한 얼굴을 벽 위에 얹었다. 아그네시카의 눈은 노여움으로 가득 차 있었다.

아파트 주위에서 오줌 냄새와 빨래 냄새가 풍겨왔다. 트럭 한 대가 덜커덩거리면서 지나갔고, 암내 풍기는 고양이가 짝을 찾는지 울고 있었다. 피에트레크가 조용히 말했다.

"아무 것도 없었어. 아무 것도. 있는 것은 강가와 숲뿐이었어. 그리고 현재와 미래만이 있을 뿐이야. 이봐! 내 말 듣고 있는 거야?"

8요일

그는 아그네시카의 손을 더듬거렸다. 아그네시카는 그의 손을 홱 뿌리쳤다. 그리고 아무 말도 하지 않고 그냥 서 있었다. 들리는 것은 오직 아그네시카의 거친 숨소리뿐이었다. 아파트 관리인의 방에서 목쉰 라디오의 노래 소리가 흘러나오고 있었다.

- 나는 꽃밭의 은빛 나는 오솔길을 걷고 있어요…… -

갑자기 라디오에서 들려오던 노래 소리가 그쳤다. 또다시 침묵이 주위를 휩쓸었다. 간간이 고양이의 울음소리가 침묵을 깨뜨리고 있었다.

"아그네시카, 오늘 우리에게는 아무런 일도 일어나지 않았어. 내일 이 시간에는 우리 단 둘이 조용한 방에서 지내는 거야. 내일 밤 이 시각에는 말이야."

피에트레크가 또한번 되풀이했다. 그는 아그네시카의 얼굴에 두 손을 내밀었다. 순간 아그네시카는 온 힘을 주먹에 주고 그의 얼굴을 박았다. 불의의 공격을 받은 그가 쓰러질듯이 뒤뚱거렸다. 몸을 가누려고 비틀거리다가 옆에 있던 상자에 발이 걸려 푹 쓰러지고 말았다. 쿵, 하고 콘크리트 바닥에 머리를 박고 말았다.

"어서 가요! 제발 어서 가라니까요!"

아그네시카가 날카로운 소리로 부르짖었다. 그리고 뒤도 돌아보지 않고 단번에 계단을 세 개씩이나 성큼성큼 뛰어올라 이층으로 올라가버렸다.

6장

갈 길은 아직도 멀기만 하고

지금 이 순간에도 나는 당신과 함께 있다는 걸 잊지 말아 주세요. 당신이 지금 비록 시궁창 속에 빠진 채 누워있더라도, 비록 당신이 술에 취한 채 어떤 매음녀한테 빠져 누워있더라도 정말 나는 당신 곁에 있는 거예요. 당신이 나를 생각만 하고 있다면, 당신과 나는 어디서나 같이 있는 거예요.

아파트 계단을 올라 집안으로 들어선 아그네시카는 온몸을 부들부들 떨면서 방으로 들어갔다.

방안에서는 아버지가 거꾸로 서서 두 팔로 방바닥을 짚고 걷고 있었다. 바지의 허리춤에서 빠져나온 셔츠가 뒤집혀서 늘어져 있었다. 이를 악물고 땅재주를 부리고 있는 그의 얼굴은 새빨갛게 퉁퉁 부어 있었고 눈마저 충혈되어 있었다. 숨은 헐떡거렸고 땀방울이 번쩍거리는 이마에서 뚝뚝 떨어지고 있었다. 차마 볼 수 없을 정도로 망측스런 광경이어서 아그네시카는 시선을 딴 데로 돌려버렸다.

아그네시카는 아버지의 그 묘한 땅재주 버릇을 딱하게 생각하면서, 또 한편으로는 지독한 혐오감을 느꼈다.

아버지는 딸의 모습을 보자 훌쩍 넘어서서 바로 서더니, 매우 만족스런 표정을 지으면서 딸 앞으로 다가왔다.

"어떠냐? 이래봬도 난 아직 힘이 팔팔하지 않니?"

"그래요. 굉장한 힘이군요."

아그네시카가 비아냥거리듯 대답했다.

"너희들 젊은 애들은 대수롭지 않게 여기지만, 힘센 육체란 참으로 훌륭한 거란다. 때때로 빌빌거리는 약질을 보면 여간 가엾은 생각이 들지 않아. 더구나 요즘 젊은 것들은 스튜 요리로 삶은 거미처럼 맥이 없어 보이거든."

그는 물컵 속에 담가 두었던 틀니를 꺼내어 제꺽 입 안에 끼웠다. 그리고 계속 팔을 앞뒤로 흔들면서 자신의 근육을 놀려댔다. 그의 근육은 아직 튼튼해서 쭈글거리는 피부 밑에서도 작은 생쥐 모양으로 꿈틀거렸다.

그는 담배에 불을 붙이고, 다시 나무 물부리에 꽂아 물면서 말했다.

"아직 직장에서 나를 쫓아내지는 않을 것으로 믿고 있는데, 과연 어떨지."

아그네시카가 몸을 움찔하며 물었다.

"어디서 그런 자신을 가지셨어요?"

그러자 아버지는 쓸쓸한 미소를 띠면서 말했다.

"아그네시카, 너는 이 애비 말에 웃고 있지만 결코 농담이 아니란다. 요즘 세상에서는 나이 먹은 사람은 직장에서 마구 목이 잘리고 있어. 그리고 한번 실직하면 좀체로 일자리를 구할 수 없게 되지. 내가 알고 있는 어떤 친구는 자기 노후 생활의 대비책으로 여러 해 동안에 걸쳐 공금을 착복해 왔어. 그는 그렇게 속여서 돌려 빼낸 공금을 게워놓지 않으려고, 교묘히 처리해서 공금 횡령의 책임만은 면하게 됐지. 이런 공무원의 부패상은 요즘 세상에 얼마든지 있거든."

그는 이야기를 중단하고, 지그시 자기 손바닥을 펼쳐 보았다. 그리고 찬찬히 딸의 얼굴을 들여다보면서 말했다.

"아그네시카."

아버지의 말소리에는 뭔가 심상치 않은 분위기가 있었다.

"네 눈엔 어떠냐? 내가 쉰다섯으로 보이니?"

아버지는 딸에게 자기의 얼굴을 내밀었다. 그때 아버지의 입에서는 노인네 특유의 시금털털한 냄새가 났다. 아버지는 애써 근육 운동을 하면서까지 젊어 보이려고 애썼지만, 나이는 속일 수 없었다. 아니 오히려 아버지의 나이보다도 훨씬 늙어 보였다. 주름살이 깊고, 머리가 벗어지고, 피부에는 간장병 때문에 백납투성이었다. 눈 밑에는 축 늘어진 눈꺼풀 주머니까지 생겨 완연한 노인네 모습이었다.

그것은 오랜 전쟁과 고뇌와 빈곤한 생활 때문에 생긴 쇠약이었다. 얼굴이 늙은데 비해 근육만큼은 체조 덕분인지 아직 튼튼해 보였다.

아그네시카는 한참 아버지의 얼굴을 들여다 보고 있는 동안에 한 마리의 늙은 개를 연상해냈다. 그 밖에 따로 적절하게 비유할 게 생각나지 않았다. 딸은 아버지의 얼굴에서 눈을 돌려 크게 웃어버렸다.

"호호호, 아버지는 넉넉잡아 마흔다섯으로 밖에 안 보여요. 그러니까 아버지는 건강에 대해서 아무런 걱정을 안하셔도 돼요. 다른 중년 남자들은 모두 아버지의 건강을 몹시 부러워하고 있으니까요."

아버지는 안심한 듯이 긴 한숨을 내쉬었다.

"그러니까 너희들도 몸을 튼튼히 하고 싶다면 늘 체조를 잊지 말아야 한다."

갑자기 말머리를 돌리면서 물었다.

"그런데 구제고지가 안 보이는구나. 그 녀석은 요새 어딜 그렇게 돌아다니냐?"

"밖에 나갔다가 돌아와서 저는 잘 모르겠는데요. 그보다도 누가 오빠를 안 찾아왔었나요?"

"아니. 아무도 안 찾아왔단다. 아그네시카야, 네 오빠 있는 곳을 짐작이라도 해보렴."

그때까지 잠자코 있던 어머니가 날카로운 금속성 목소리로 참견했다.

"당신은 왜 그 애를 붙잡고 구제고지 걱정을 해요. 그 애가 언제 집안에 신경이라도 씁디까? 그 애는 지금 집안 일이 어떻게 되건 말건 상관없어요. 어떤 사내놈한테 미쳐서 밤낮 돌아다니느라 정신 없으니까요. 당신도 나도 언제 죽을지 모르는데도 그 사내놈한테만 미쳐서 붙어 있으니, 어디 제 정신이라고 할 수 있겠어요?"

"그럼, 언제까지나 늘 내가 어머니 옆에만 붙어 있으란 말이에요?"

아그네시카가 기가 막히다는 듯이 쏘아 붙였다.

화가 치밀어서 못 참겠는지 어머니는 침대에서 일어나 앉았다. 그리고는 한참이나 딸을 노려보았다. 화를 억누르느라 어머니는 입술을 지그니 깨물며 눈을 감았다. 그런 그녀의 얼굴은 언제나 이런 일이 일어나면 그렇듯이 단념한 듯 슬픈 표정이었다.

아그네시카는 더 이상 대꾸도 하지 않고 부엌으로 들어와 버렸다. 그리고 전등불도 켜지 않고 가스불만 붙인 뒤에, 차주전자를 그 위에 얹었다. 단지 주전자만 들었을 뿐인데 손이 얼얼하게 아팠다. 아그네시카는 가스 불빛으로 아픈 손을 살펴보았다. 손가락 마디에 상처가 나 있었다.

아그네시카는 쐐쐐 소리를 내며 피는 가스의 푸른 불꽃을 바라보면서 애인 피에트레크를 생각했다.

내일, 피에트레크는 집으로 찾아오겠지. 나와 약속한 대로 로만에게 빌린 그 방문 열쇠는 매트 밑에서 나를 기다리겠지. 그러나 내 손이 거기에 닿지는 않을 거야. 그런 기회를 이제까지 기다려왔는데 왜 이제 와서 안 가겠다는 건지 나도 모르겠어. 만일 내 마음을 읽을 수 있는 기계 같은 것이 있으면 그 이유를 알겠지만, 내가 직접 이 심정을 피에트레크에게 고백할 수 있을지는 의문이야.

이런 문제에 관해서 인간은 서로 상대편의 마음을 알 수 없는 법이니까. 분명히 할 수 있는 것은 십 즐로티의 돈을 빌려달라든가, 구두를 빌려달라든가, 혹은 기름 짜는 기계를 빌려달라든가 하는 정도 따위지.

누구의 말인지는 모르지만 밤의 암흑은 인간들을 멀리 헤어지게 한다고 했지. 피에트레크와 내가 언젠가 들은 말이었어.

지금 내 눈앞에서는 가스 불이 푸른 불꽃으로 타고 있는데, 약간의 광채와 온기를 나에게 주고 있어. 나는 이 불로 차를 끓일 수도 있고, 아침 식사의 오트밀도 만들 수 있어. 아니, 그 이상의 것도 할 수 있어. 즉, 이 주전자를 들어서 내팽개칠 수도 있고, 문에 자물쇠를 채울 수도, 가스불을 끌 수도, 그리고 아무것도 생각하지 않을 수도 있어.

그런데 나는 아버지가 점점 원숭이 모양으로 변해간다는 사실과 얼마 후에는 내가 그들의 방으로 가서 잔다는 사실, 그리고 피에트레크와 약속한 내일 나가지 않는다는 사실들을 과연 생각하지 않을 수 있을까?

한참 생각에 잠겨 있는데, 아버지가 부엌으로 들어왔다.

"네 어머니가 카미쓰레 꽃으로 만든 차가 먹고 싶단다."

그는 전등불을 켜기 위해 손을 내밀었다.

"불 켜지 말아요."

아그네시카가 말했다. 그녀는 아직도 멍하니 가스불만 쳐다보고 있었다.

"너 지금 꿈에 홀려 있는 게 아니냐?"

아버지가 의아해 하면서 전등불을 켜려던 손을 멈추었다.

"그런가 봐요."

아그네시카가 힘없이 대답했다.

아버지는 의자에 앉아 늘 하던 버릇처럼 무릎 위에다 손깍지를 꼈다. 그리고 딸이 있는 쪽으로 상반신을 구부리며, 억부로 명랑한 소리로 농담 비슷하게 물었다.

"그래, 무슨 꿈이냐?"

"동화 속에 나오는 왕자의 꿈이에요."

"그 왕자는 훌륭한 성을 가졌겠구나?"

"그러나 지금은 성이 하나도 없어요. 몇 년 전에는 훌륭한 궁전에 살았었는데……."

"그 궁전은 수정으로 되어 있니?"

"그래요. 그리고 강철과 콘크리트로도."

"그 왕자는 궁전의 창에서 뭘 봤니?"

"그건 간단히 말할 수 없어요. 별로 많이 보지는 못했죠. 창 바깥쪽에는 쇠덧문이 있었거든요. 아버지가, 우리 아버지가 창을 넘어서서 도망칠까봐 그랬죠. 그런데 누가 철창 뒤에서 푸른 하늘만 바라보는 죄수의 노래를 아버지에게 들려준다 하여도, 아버지는 그 얘기를 들을 필요가 없었죠. 아아, 정말 아무것도 안 보여요."

딸의 잠꼬대 같은 엉뚱한 소리에 아버지는 이해가 얼른 가지 않는 듯했다.

"아그네시카야, 너는 도대체 지금 무슨 소리를 하고 있는 거냐?"

"호호호, 그래서 우리 집도, 이 시대의 세상도 만사태평이에요. 아버지는 아직 마흔다섯으로밖에 안 보일 정도로 젊고, 내년의 폴란드 국가 계획은 트랙터의 생산량을 십오 퍼센트 증가시킨다지요. 그렇게 좋은 바람만 불면, 우리 집 부엌신세를 지는 자와즈키는 훌륭한 집을 장만해서 이사 가고, 우리 나라의 하늘도 텅 빈 공간만은 아닐 거예요. 며칠 전에 폴란드의 제트 비행기 사건이 어떤 신문에 나온 일이 있었죠. 그뿐이 아니에요. 폴란드에서 제작한 자동차를 파키스탄에 수출할 건가 봐요. 또 부업으로 꿀벌을 치는 광부들 수효도 네 배로 증가될 거래요. 이만하면 더 바랄 것이 없잖아요."

한참 떠든 후에 아그네시카는 다시 부르짖었다.

"그러니까요, 하여간에 제가 뭘 생각하고 있는지 제발 묻지 말아주세요."

아버지는 딸의 그런 모습을 보자 살며시 의자에서 일어나 딸에게로 다가와 섰다.

"아그네시카야, 나도 잘 알고 있단다. 병 때문에 신경이 쇠약해진 네 어머니 때문에 네가 많이 괴로움을 받고 있다는 사실을."

낮고 차분한 음성이었다. 아버지는 딸의 어깨에 손을 얹으면서 말을 이었다.

"하지만 아그네시카야, 그럴수록 너는 어머니를 너그럽게 보살펴 줘야 한단다. 알겠니? 어머니는 지금 여러 달 동안 자리에 누운 상태이고, 어느 병원에서도 입원을 받아 주지 않고 있다. 병원이 전부 만원이어서 그래. 너는 그런 어머니를 더욱 따뜻하게 간호해 드려야 한단다."

"어머니 병은 결국 고칠 수 없어요. 아버지보다 의사들이 더 잘 알아요. 의사는 고칠 수 있는 다른 환자를 입원시키기 위해서 가망없는 어머니를 입원시켜 주지 않았던 거예요. 그러니까 어머니는 결국 집에서 죽게 되어 있어요."

아그네시카는 비정하리만치 솔직하게 내뱉고 말았다.

아버지는 딸의 얘기를 듣고, 어깨에 얹었던 손을 맥없이 내리고는 다시 제자리로 돌아가 앉았다. 아그네시카는 아버지의 시선을 피해 뒤로 돌아앉아버렸다. 한참만에야 아버지는 입을 열었다.

"아니야. 병원에서는 병실 침대가 비는 대로 네 어머니를 입원시켜 주기로 약속했어."

"그런 꿈 같은 기대는 아예 단념하는 게 좋아요. 지금은 어느 병원이나 전부 초만원이에요. 어머니처럼 가망없는 환자는 어느 병원에서나 거절할 뿐이에요. 그러니까 어머니는 저렇게 앓다가 죽는 수밖에 별 도리가 없어요."

"아아, 너는 어머니를 정말 사랑하지 않니?"

"글쎄요. 하기야 어머니 운명이 저하고 전혀 상관없는 건 아니지만."

아그네시카가 몸을 움찔해 보였다.

아버지는 손으로 벗어진 이마를 문질러 댔다. 요즘 들어 부쩍 허리가 굽어진 아버지는 이미 가련하게 쇠약해진 노인에 불과했다.

"나도 때때로 너 같은 생각이 안 드는 건 아니란다. 지금 같은 상태가 네 어머니에게는 오히려 더 나을지도 모르지. 그러나 네 어머니가 이 집에서 나와 너 그리고 근처의 주정뱅이들의 소란

때문에 불필요한 고통을 받아서야 되겠니? 하기야 인간의 종말은 결국 죽음이야. 그렇지만 우리는 모든 것이 우리의 뒤로 가버릴지도 모를 그 순간들을 이해하지 않으면 안돼. 나도 점점 늙어가고 있다는 건 사실이야. 세상의 노인들이 그 여생을 조용히 보낼 집이 있으면 더욱 좋겠는데… 아아, 나는 살아 있어도 아무런 보람이 없을 때는 구제고지에게 부탁해서 수면제를 먹고 말테야. 어쩌면 그 약의 화학 작용의 신세를 지는 게 오히려 더 나을지도 모르니까."

"그러면서도 왜 아버지는 궁상맞는 근심 걱정이 그리 많아요? 아버지는 어머니와 천국에서 다시 만날 것이고 거기서 훌륭한 생활을 계속하면 되잖아요. 자, 그런 구차한 얘기는 그만두기로 해요. 차를 끓이게 전등불이나 켜주세요."

거리에선 아직까지도 노래 소리가 들려 왔다. 아그네시카는 창문을 꼭 닫았다. 난로 옆으로 가서 스튜 냄비 뚜껑을 열면서 아그네시카는 피에트레크를 생각했다.

당신은 지금 어디 계세요? 당신은 무엇을 느끼며, 무엇을 생각하고 계세요? 이 진흙탕 속에서, 이 아수라장 같은 세상에서 당신은 무슨 방법으로 당신의 길을 발견할 수 있다는 거예요? 당신은 지금 자신이 어떤 얼굴을 하고 있는지 알기나 해요? 우리는 약속한 대로 내일 로만에게 빌린 방에서 만나나요? 만일 만나게 된다면 서로 무슨 말부터 시작하죠?

"미안해요."

—아냐, 이게 아닐 거예요. 그러면 다시,

"그때는 열중해서 뭐가 뭔지 몰랐어요."

—이것도 아니에요.

"왜 그랬는지 전연 모르겠어요."

—아아, 이것도 아니에요.

어떤 말로 시작할지 당신은 아시겠어요? 우리 그러지 말고 서로 아무런 말도 않기로 해요. 그래요. 좋아요. 아무런 말도 하지 않기로 해요. 그냥 곧장 방 열쇠가 있는 곳으로 달려가기만 해요. 문을 열고, 마침내 우리는 사방이 벽으로 된 우리만의 공간으로 들어서는 거예요. 거기는 아무도 없고, 불안한 기억들의 자취도 없고, 그리고 우리는 거기서 달콤한 밀어를 속삭일 수도 있게 되고…….

"아그네시카! 스튜가 탄다. 스튜 끓는 소리도 안 들리니? 타는 냄새도 못 맡아!"

저편 방에서 어머니가 고함쳤다. 아그네시카도, 아버지도 모두 깜짝 놀랐다. 얼결에 둘은 서로 마주 쳐다보며 웃었다. 아그네시카가 머리를 쓸어 올리며 말했다.

"아버지, 저 바람 좀 쐬고 오겠어요. 갑자기 머리가 아파 오는 것 같아서요."

"그래라. 나간 김에 자와즈키한테 좀 가보려무나. 기뻐할 거야."

"아직껏 오토바이와 씨름하고 있나요?"

"그런가 봐."

"아버지, 이것 저것 걱정 마시고 편하게 생각하세요. 만사가 다 잘 될 거예요. 일요일에는 아버지도 낚시라도 가시는 게 어때요? 봐요, 이럭저럭 소일감이 생기고 있잖아요."

"일요일까지는 아직도 이틀이나 남았어. 그때까지 지루해서 어떻게 기다린다지."

아버지가 따분하다는 듯이 한숨을 쉬었다.

"이틀 기다리는 게 뭐 그리 따분해요. 낚시질이라도 하시면 기분이 한결 좋아질 거예요."

아그네시카는 웃옷을 걸치고 계단을 뛰어 내려갔다.

자와즈키는 마당 한구석에서 깨어진 벽돌로 차고를 짓고는 거기에 자신의 오토바이를 넣어 두고 있었다. 그는 지금 그 속에서 오토바이 엔진을 고치느라 정신이 없었다.

"저녁이나 드시고 하시지 그래요. 말이 두 필쯤 있다면 그 오토바이를 끌고 가련만."

아그네시카가 농담으로 인사를 했다.

"이봐요, 아가씨. 그런 걱정일랑 아예 하지 마시고 주무시기나 하시지."

그는 엔진 고치는데 온통 정신을 빼앗기고 있어 고개도 들지 않은 채, 심드렁하게 대답하고 계속 얘기했다.

"젊은 아가씨가 밤중에 쏘다니면 못써. 그러다간 남자들에게 이상한 생각이나 불러 일으키게 되니까."

"그런 걱정은 안 해도 돼요. 저는 당신하고 얘기하고 싶어서 왔으니까요. 그런데 당신의 피앙세는 잘 지내나요?"

아그네시카는 그의 옆에 쭈그리고 앉았다. 그는 이를 갈면서 험상궂은 표정을 지어 보이며 중얼거렸다.

"쳇! 만일 그 여자가 나를 속썩인다면, 정말 가만 안 놔둘 거야!"

"흥, 당신보다 훨씬 멋있는 미남자들도 여자한테 속기는 마찬가지예요."

아그네시카의 조롱하는 듯한 이 말에 자와즈키는 불쑥 일어섰다. 그리고 긴 전기줄에 달린 전등을 끌어다가 자신의 얼굴을 비춰 보였다. 그리고는 멋쩍은 듯이 말했다.

"아그네시카, 그 말 정말이야? 그러면 내 관상을 잘 좀 봐줘. 내 관상이 과연 여자한테나 속아 넘어갈 그런 바보 천치의 얼굴인지 아닌지."

전등불에 비춰진 그는 어깨가 떡 벌어지고, 키가 크고, 날카로운 얼굴을 한 사내였다. 순간 아그네시카에게 번쩍 스쳐가는 게 있었다.

나는 전에 어디서 당신을 본 기억이 나요. 아니, 당신이 아니고 당신과 닮은 누군가가 지금과 똑같은 행동을 하는 걸 본 기억이 있어요. 틀림없이 당신과 너무 닮은 사람이었어요. 그도 지금의 당신처럼 왼손을 치켜들고 있었는데, 과연 그는 누구였을까?

아그네시카는 자와즈키의 불만스런 질문에 얼른 대답했다.

"아니요. 당신은 절대로 그런 분이 아니에요."

"만약 들리는 소문이 사실이라면, 나는 그 여자를 아주 철저하게 갈겨 줄 테야. 수많은 군인들에게 성병을 옮긴 매춘부를 후려갈기듯이 말이야."

"당신은 그 여자로부터 무슨 병을 얻은 게 있어요?"

"아냐. 만일 그런 일이 있다면 그야말로 나는 모든 인간을 믿지 못하게 될 거야. 나는 지금까지 숱하게 많은 일들을 경험해 봐서 세상이 어떻다는 건 잘 알아. 하지만 서로가 좋아했던 첫사랑에게 완전히 농락당했다는 결과가 생긴다면, 그건 도저히 못 참을 일이야. 정말 그때는 모든 인간을 못 믿게 될 거야. 결국 이게 가장 중요한 점이 아닐까? 젠장! 아그네시카, 내 말 알아듣겠어?"

자와즈키가 기름투성이가 된 얼굴을 아그네시카에게 돌리며 다그치듯 물었다.

"그럼 지금까지 여자에게 속은 일이 없었단 말이에요?"

자와즈키는 상관없는 일이라는 듯이 픽 웃었다.

"그럼 앞으로도 없을 거야. 나는 포로수용소에도 갇혔었고, 전쟁터에서 싸우기도 했었어. 그때 나는 지옥 한복판에 빠진 몸이라고 생각했었지. 그런데 그러한 경험들은 나에게 무엇인가를 가르쳐 준 게 있었어. 아그네시카 생각은 어때?"

"물론 저도 그렇게 생각해요."

아그네시카는 자와즈키를 안심시켜 주고 다시 생각에 잠겼다.

저 얼굴을 어디서 봤었지? 저 얼굴의 표정은 무엇을 의미하고 있는 거지? 거의 절망적으로 허공을 응시하고 있는 이 사나이… 이상할 정도로 긴장되어 있는 이 표정을 과연 어디서 봤을까? 그리고 언제였지?

"아, 그런데 자와즈키, 정말 이상해요. 나는 당신과 똑같은 사람을 전에 본 기억이 있거든요. 그런데 그것이 언제, 어디서였는지 생각이 나지 않는군요. 그걸 생각해내려면 아마 오늘밤 한잠도 못 이룰 것 같아요. 자, 그럼 이만 안녕."

자와즈키와 헤어진 아그네시카는 곧장 집으로 돌아왔다. 그리곤 이층 골마루를 지나다 아버지와 딱 마주쳤다.

아버지는 코트를 입고 있었으며, 막 벽에 걸린 모자를 집어들고 있었다.

"정말 그제고지 행방을 알 수 없겠니?"

"네. 이젠 술을 끊겠다고 말했을 뿐, 저에게 아무런 행방도 가르쳐 주지 않았어요."

아그네시카는 자기가 아는 사실대로 대답했다.

"그 녀석 걱정 때문에 네 엄마가 밤잠을 못 자고 있으니 내가 어떻게 해서든지 기어코 찾아와야겠다."

"그만 두시고 아버지는 어서 주무세요. 오빠는 제가 찾아오겠어요."

아그네시카는 아버지를 방으로 밀어넣었다. 그리고 다시 계단을 내려가면서 좀 심각한 생각에 잠겼다. 그 생각은 오빠 구제고지가 아니고 애인 피에트레크였다.

당신은 지금 어디 있나요. 바에서 우리 오빠처럼 자포자기에 빠져 술에서 헤어나지 못하고 있는 건 아닌가요. 잠꼬대 같은 허튼 소리만 되풀이하고 있는 건 아닌가요? 당신은 어디서나 창피스러울 정도로 말꼬리가 긴 게 탈이에요. 아아, 그런 게 아니라, 어디서 눈을 뜬 채 누워서 아그네시카, 아그네시카, 하면서 내 이름만 연거푸 부르고 있는 건 아닌지요. 당신도 아마 나와 마찬가지로 내일 우리가 할 일에 대해서 두려워하고 있겠죠. 그러나 지금 이 순간에도 나는 당신과 함께 있다는 걸 잊지 말아 주세요. 당신이 술에 취한 채 어떤 매음녀한테 빠져 누워 있더라도 정말 나는 당신 곁에 있는 거예요. 당신이 나를 생각만 하고 있다면, 당신과 나는 어디서나 같이 있는 거예요.

아래층 현관 문을 나서려던 아그네시카는 자와즈키와 마주쳤다. 그는 이제 막 고친 오토바이를 차고 속에서 끌고 나오는 참이었다.

"잠깐 운전을 해보려고 해. 그런데 아그네시카, 어디 가?"

"오빠 찾으러요."

"지금쯤 어디서 술타령이나 하고 있겠지 뭐."

"나도 오빠가 교회에서 무릎을 꿇고 기도를 올리고 있으리라고는 생각지 않아요."

그들은 어느덧 거리로 나왔다. 자와즈키가 오토바이에 올라타고 탕탕탕 발동을 걸자 엔진이 규칙적으로 진동하기 시작했다.

"술집까지 모셔다 드릴 테니 뒤에 타라구."

"정말 그래 주시겠어요?"

아그네시카를 뒤에 태운 오토바이는 엔진소리도 경쾌하게 달리기 시작했다. 하지만 곧 오토바이는 용감하게 달린다 싶으면 덜컥하고 멈추고, 다시 달린다 싶으면 멈추곤 했다. 아그네시카는 짜증이 나서 오토바이 타기를 단념하고 그만 뛰어내렸다.

"에이, 엔진이 또 속을 썩이는군. 그래, 아예 영원히 잠들어버려라."

자와즈키는 고물 오토바이에 대해서 아주 낙담한 모양이었다. 그들은 오토바이를 세우고 가로등 불빛에 서 있었다. 머리 위에서 내리 비치는 전등불이 말뚝처럼 서 있는 그의 날카로운 용모를 드러내 주고 있었다.

"앗! 이제야 알아냈어요."

"뭘?"

"당신과 똑같은 얼굴을 본 장소를요. 그러나 문제는 얼굴이 아니에요. 지금의 당신과 똑같은 포즈와 똑같은 표정으로 서 있던 남자였어요."

"그래서?"

"이제야 생각이 나는데 그 모습은 언젠가 영화에서 본 장면이에요."

"허어, 그래?"

"그래요. 어떤 테러리스트가 한 사나이를 죽이게 돼요. 그 사나이를 죽인 뒤에 그 테러리스트는 부상당한 몸을 이끌면서 도망치게 되죠. 이 살인사건이 발생하자 시내 전체는 발칵 뒤집히게 되지요. 그 테러리스트를 잡으려는 활극이 전개되는데 경찰이 총동원되고, 경찰의 개, 끄나풀, 깽패들까지 이 범인 추격전에 참가하게 돼요. 그들은 모두 제각기 이유를 붙이면서 이 범인 체포에 혈안이 되죠. 그런데 그 테러리스트의 애인인 여자도 그를 찾아 헤매게 돼요."

"그 여자야말로 참으로 위대하군 그래."

"결국 그 여자는 그를 찾게 되죠."

아그네시카는 여기서 빙긋 웃고는 다시 말을 이었다.

"그런데 문제는 여기서부터 심각하게 되죠. 여자가 남자를 발견했을 때, 그는 이미 다 죽어서 숨을 거두려는 찰나였어요. 이제는 그 자리에서 한 걸음도 도망치지 못하고 오직 그 자리에서 죽기만을 기다리는 수밖에 없게 된 상황이었죠. 저쪽에서는 이미 경찰차가 점점 육박해 오고 있었어요. 경찰자동차의 서치라이트가 번개처럼 오가면서 그 연인들 주위를 다급하게 비추던 장면이 지금도 눈에 생생해요. 그 위급하고 절망적인 순간에 애인인 여자는 그와 함께 죽을 결심을 하게 되죠. 그런데 아직까지 그 영화가 생생하게 내 뇌리 속에 남아 있는 건 마지막 대사 때문일 거예요. 다 죽어가는 남자는 그때, '갈 길은 아직도 멀었나?' 하고 애인에게 물어보죠. 그러자 여자가 대답해요. '아직도 멀어요. 그러나 우리는 지금 함께 있어요' 라고요."

아그네시카는 여기서 말을 맺고는 긴 한숨을 내쉬었다.

"그리고 나서 그 뒤는 어떻게 되었는데?"

자와즈키가 잔뜩 감동된 목소리로 물었다.

"그리고 두 남녀는 함께 죽어요. 그것도 경찰의 일제 사격의 총알에 맞아서요. 그러나 여기서는 죽고 사는 것 그것이 문제가 아니에요. 그들 두 남녀는 서로 최후까지, 테러리스트로서 했던 일이 진실로 필요한 일이었고, 가치있는 일이었고, 그 밖에는 별 도리가 없었다는 걸 굳게 믿고 있었다는 그 자체가 중요한 거예요. 살아있는 사람들은 언젠가는 반드시 서로 이별하게 된다는 사실을 두려워하게 되지만, 사실 죽음이란 것은 두 사람을 영원히 맺어 주는 것이 될 수도 있는 거죠."

"허허허, 옛날 본 영화를 가지고 뭘 그리 흥분해."

"……."

"이봐, 아그네시카, 내 말 듣고 있는 거야?"

"네. 듣고 있어요."

아그네시카는 아직도 그 영화의 감흥에서 깨어나지 못한 채 자와즈키를 뒤로 하고 가던 길을 다시 걸었다.

7장

모두의 가슴에 뜨는 달

"우리가 살고 있는 이 세계란 연애가 성립될 여지가 있는 곳일까? 우리가 여자와 같이 자는 것은 무슨 사랑의 행위라기보다는 친구들에게 떠벌릴 얘깃거리를 얻기 위해서일 거야. 나는 내 생활을 단순한 환상으로 만들고 싶지는 않아. 다시 말하자면 나는 내 연애를 숨기고 싶지는 않아."

아그네시카는 유흥가 거리를 방황하며 술집이란 술집은 모두 찾아다녔으나, 결국 오빠 구제고지의 모습은 어디에서도 찾을 수가 없었다.

눈에 띄는 대로 바란 간판이 붙은 곳은 빼놓지 않고 찾아들어가서는 구석구석을 샅샅이 찾아봤다.

바들은 제각기 독특하고, 유별난 분위기를 자아내고 있었다. 고상하고 아늑한 분위기를 풍기는 고급 바가 있는가 하면, 문 입구에서부터 안내인들이 길 가는 행인들을 붙잡고 지분대는 귀찮고 저질스러워 보이는 바, 실내 장치가 요란스러워 들어서

자마자 현기증을 일으키는 바 등 가지가지였다. 그리고 어떤 바에서는 공장 관리들로 보이는 사람들이 어디서 얻어 온 공짜 술병을 몰래 숨겨 가지고 와서는 코르크 마개를 탁자 밑에서 슬쩍 뽑으면서 서로 비밀스레 웃고 있었다.

카메라루나 바에서 구제고지와 친한 키가 큰 안내인 미에초가 아그네시카를 보자, 빙긋 눈으로 인사를 하고는 나직이 속삭였다.

"지금 오빠를 찾고 있지요? 방금 전에 여기 들렀다가 나갔어요. 아마 번화가로 나갔나 봐요. 오빠는 아주 심각한 연애를 하고 있나 보던데, 그게 사실인가요?"

"네, 사실이에요."

아그네시카가 솔직히 대답했다. 그녀는 가는 곳마다 술주정뱅이들을 유심히 살피고 바의 안내인들에게 오빠의 행방을 묻고다니느라 몸은 지칠대로 지쳐 있었다. 게다가 온통 흥청망청 술범벅이 된 사람들 틈을 오가느라 어느새 술기운이 온몸에 배어 몸은 완전히 적신 솜처럼 되어버렸다. 휘청거리는 다리를 간신히 가누느라 온 신경이 발끝에 모아져 있었다.

아아, 졸려 죽겠어…

아그네시카는 계속 선하품만 해댔다.

미에초는 휘청거리는 아그네시카를 부축하여 우선 빈 테이블에 앉히고 다른 안내인에게 보드카 한 잔을 주문했다. 이내 보드카가 나오자 미에초는 아그네시카에게 권하며, 오빠가 있을 만한 곳을 가르쳐 주었다.
"제레냐크로 가 보시는 게 어때요? 분명 그곳 어느 바에서 또 술에 빠져 있을 게 분명합니다."
그리고 밖으로 함께 나와서 친절하게 택시까지 잡아서 태워 줬다.
택시는 달리기 시작했다.
"아가씨, 어디로 가십니까?"
"제레냐크로요."
"네에? 아가씨가 그곳에 가요?"
운전사는 뜻밖이라는 듯이 힐끔 아그네시카를 돌아보고, 휘파람을 불며 얘기했다.
"그런 곳은 아가씨 같은 분이 갈 곳이 못 되는데요."
"아니 왜 내가 가면 안 된다는 거죠? 나를 어떻게 보고 하시는 말씀이죠? 그럼 어떤 곳이 내가 갈 만한 곳인지 아저씨가 가르쳐 주실래요?"
아그네시카는 가뜩이나 몸이 피곤해 죽겠는데 운전사마저 비아냥거리자 갑자기 화풀이라도 하듯 톡 쏘아붙였다.

운전사는 아그네시카의 의외의 반응에 약간 머쓱해져 슬며시 한 손을 내밀어 백미러의 방향을 조금 돌려놓는 척하면서 딴청을 부렸다.

가로등 있는 곳을 지날 때마다 운전사는 조심스럽게 거울을 들여다보았다. 운전사는 얼마 동안 아무런 말도 하지 않았다. 택시는 맘껏 속력을 내면서 시내 쪽으로 달렸다.

운전사는 별안간 혼자서 너털웃음을 터뜨렸다.

"허허허, 아가씨는 그런 곳에 갈 만한 분으로 보이지 않아서 그러는 겁니다. 암, 그렇고 말구요."

아그네시카는 운전사가 뭐라 지껄이든 아무 대답도 하지 않고 그저 묵묵히 듣고만 있었다. 그러자 그는 다시 지껄이기 시작했다.

"아아, 모든 남성들은 죽을 때까지 미련하거든요."

여전히 아그네시카는 아무런 대답도 하지 않았다.

"자, 아가씨 다 왔습니다. 재미있게 노세요. 아가씨는 아직 어리게 보이는데 아주 대단하십니다."

운전사는 요금 미터기 위에다 손을 얹고서 말했다.

아그네시카가 요금을 지불하고 택시에서 내리니 후끈한 열기가 확 끼쳐와 온몸을 휘감았다.

번화가라서 여기저기 택시, 웅성거리는 무리들, 요란한 경적소리, 노래 소리 등등으로 더욱 정신이 어지러웠다.

아그네시카는 짐마차 사이를 비집고 걸어나갔다. 말들은 목에 달려 있는 먹이 부대에 머리를 숙인 채 코를 박고 자고 있었다. 하늘은 별 하나 보이지 않는 밤이었다. 다만 스탈린 궁전 위로 우뚝 솟은 뾰족 탑만이 희미하게 보일 뿐이었다.

벌판처럼 넓은 제레냐크 광장도 어둠에 싸인 채 조용하게 있었다. 그렇지만 이 부근은 새벽부터 소란스러우며 괴상한 거래가 행해지는 곳이다. 구겨진 돈 뭉치를 주물러대면서 서로 은밀하게 귓속말로 속닥속닥 하고는 어떤 물건을 비밀스레 주고받는 그런 곳이었다.

이곳에서는 난잡한 음담패설도 아주 공공연히 행해지는군.

아그네시카는 이 도시의 생리를 미리부터 짐작하고 있었다. 아그네시카는 농을 걸어오면서 치근덕거리는 한 주정뱅이를 전혀 상대도 해주지 않고 떼어버린 다음, 걸으면서 생각했다.

이곳은 좀 큰 문제거리다 싶으면 항상 쉬쉬하면서 귓속말로 수군덕거리지. 진실이라든가 진리에 대해서는 어느 누구도 벙어리처럼 거론하는 자가 없어. 마치 그것이 금기사항이라도 되는 것처럼 그들은 외면해버리기 일쑤지. 그렇다면 과연 누가 이 현실의 진실을 올바로 파악한다지?

그때 말 한 마리가 아그네시카 옆을 급히 지나갔기 때문에 아그네시카는 깜짝 놀라 소스라치면서 옆으로 비켜섰다.

아그네시카는 이곳 저곳 바들을 두리번거리면서 다시 오빠 구제고지를 찾기 시작했다. 사람이 유난히 북적대는 곳이 눈에 띄었다. 왠지 예감이 저곳이다 싶어 그곳으로 다가갔다. 그곳은 벽돌로 지은 커다란 건물이었다. 농산물을 수도로 가지고 와서 파는 마차꾼들이 잘 드나드는 술집이었다.

아그네시카는 그곳으로 들어가서 오빠 구제고지를 찾았다. 저쪽 카운터 끝에 뒷모습을 보이며 앉아있는 구제고지의 모습이 눈에 들어왔다. 그는 카운터 구석에다가 쏟아진 맥주로 지저분하게 어떤 글씨를 쓰고 있었다. 아그네시카가 옆으로 가서 앉았으나 구제고지는 알아차리지 못하는 것 같았다.

"오빠는 지금 모든 인류를 구원하고 계시는 중인가요?"

아그네시카가 이렇게 첫마디를 했다.

"그래."

"그 물 글씨로요?"

"그래. 이건 바로 수소폭탄의 에너지야. 이것이 오늘 우리들에게 낙천주의를 믿게 하는 중요한 존재지."

"정말 멋있는 얘기예요. 아, 그런데 오빠는 언제까지 이러고만 계실 거예요. 집에 안 가시겠어요?"

"그 여자 집에 왔더냐?"

"아뇨."

"어머니는 여전히 누워 계시고?"

"네."

"으음, 모두 그전 모양 그대로군."

"그래요."

그제서야 그는 비로소 얼굴을 들어 아그네시카를 쳐다보았다.

"그런데 너는 여기 왜 왔니?"

의외라는 표정으로 물었다.

"오빠를 집에 데려가려고요."

"너도 제법 이 오빠를 웃기는구나."

"오빠가 집에 없으면 엄마가 온통 잠도 못 주무시고 내내 오빠만 기다리고 있다는 건 알고 계시죠?"

"잠을 못 자는 것은 피차 마찬가지야. 그래서 어찌 됐단 말이냐?"

8요일

"오빠!"

"왜?"

"나는 오늘 초저녁부터 내내 오빠를 찾아 헤맸어요."

"그랬니? 그래도 너의 기발한 추리력이 결국 나를 찾고야 말았구나. 자, 이제 찾았으니 어떡할 건데?"

"오빠, 나는 정말 피곤해 죽겠어요. 이제는 자고 싶은 생각뿐이에요. 모든 것이 다 싫어요. 잠이나 실컷 자고 싶어요. 벌써 며칠을 찾아 헤매었는지 몰라요. 그러니 오빠! 제발 이제는 나를 생각해서라도 집으로 돌아가요. 술은 얼마든지 먹어도 좋아요. 집에만 가면 돼요. 술은 집에서도 얼마든지 마실 수 있잖아요."

구제고지는 아그네시카를 보며 말했다.

"아그네시카야, 너 이제 보니 참으로 곱구나. 눈은 고운 녹색으로 빛나고 얼굴에는 순교자의 표정이 서려 있고 말이야. 네 입술에는 사람의 마음을 움직이는 마치 어린애처럼 얄궂은 애달픔까지 서려 있구나. 방랑객 혹은 감옥에 갇힌 고독한 수형자의 표정이라고나 할까? 하여간에 뭇 사람들이 동경하는 꿈의 여인을 네 얼굴에서 볼 수 있어. 너의 남자친구가 너를 미치도록 사랑하는 것도 무리가 아니지. 그런데 우리 어머니 아버지는 그 남자친구가 감옥에 있었다는 걸 문제 삼아 싫어하니 참 우습구나. 그건 반대의 이유가 전혀 될 수 없는 데도 말이야. 내가 지금의 여자와 사귀었을 때, 그들은 항상 그녀에 대해 탐탁치 못해 하더니 이제는 네 교제에 대해서까지 그러고 있으니 정말 이해가 안 되는구나."

"자, 이제 그런 말은 그만 하시고 집으로 돌아가요 네, 오빠?"

"아그네시카야 제발 내 말 좀 들어다오. 오늘은 너만 돌아가는 것이 좋을 것 같구나. 나는 끝까지 나 하고 싶은대로 하고 싶으니까. 나는 인간이란 과연 어느 정도까지 자기를 마비시킬 수 있는지 실험해 보고 싶은 심정이란다. 너까지 그런 상황을 지켜볼 필요는 없어. 그러니까 나는 여기에 남겨 두고 너만 가려무나."

"오빠! 제발 정신 차리세요. 오빠는 자기 자신을 죽여버릴 작정이신가요?"

"네가 뭐라고 얘기하든 나는 상관치 않아. 지금 내가 하는 짓에 어떠한 미사여구를 써서 설득하려 해도 내 귀에는 하나도 들리지 않으니까. 아무리 교묘한 은유법을 써본들 먹혀들지 않을 거야. 왜냐하면 난 말이야 세상에서 확증할 수 없는 것을 사랑하거나 믿거나 하는 따위의 행동은 집어치우기로 했거든. 그러니 이런 나에게 집안 일을 궁금히 여기고 캐묻는 걸 바란다면 너무 어울리지 않는 일이 아니겠니? 내가 바라는 점은 네가 내 문제를 완전히 잊어 달라는 것이야. 나를 사랑하지도 않으면서 찾아오라는 어머니 아버지를 정말 이해할 수가 없구나. 그 따위 허위로 굳어버린 바보같은 위인들하고 나하고의 연결은 오직 신분증명서에 기입된 주소뿐이야. 그러니 내가 어떻게 그런 부모를 사랑할 수 있겠니?"

아그네시카는 오빠 구제고지를 찬찬히 살펴보았다. 그는 어느새 늙어가고 있었다. 나이보다도 훨씬 늙어 보였다. 하루하루 그의 입 끝이 조금씩 처져가고 있으며, 눈언저리에는 주름살이 하나 둘 늘기 시작하고 있었다. 매일 술을 먹어서 그런지 얼굴은 부은 듯이 떠 있었고, 자기와 같은 녹색 눈은 흐릿하게 충혈되어 있었다. 분명 이제까지 아그네시카가 알고 있던 오빠의 모습은 이런 모습이 아니었다. 그는 젊고 수려한 용모에다가 총기 있는 청년이었다. 아그네시카는 생각했다.

오빠는 바보가 된 모양이야. 아아, 오빠는 내가 얼마나 오빠를 사랑하고 있는지 모르는 모양이야. 만일 오빠가 정말로 자신을 마비시켜서 무감각하게 할 수 있다면, 내가 여기서 이렇게 오빠를 조르며 떼를 쓰지도 않을 거야. 나는 알아. 오빠는 지금 자신이 느낀 그대로를 솔직하게 토로하고 있다는 것을. 그런데 나는 오빠의 친동생인데도 여기 이렇게 앉아 방관만 하고 있어. 오빠의 우울한 얼굴을 보고 있지만 이 가엾은 오빠를 위해서 아무런 도움도 되어주지 못하고 있어. 아아, 나는 지금 오빠를 집으로 데려가는 일조차 하지 못하고 있다. 나는 오빠를 위해서 아무런 것도 해주지 못하고 있으니… 오빠! 이런 심정을 아시나요?

이때 카운터에서 한바탕 큰 소동이 일어났다. 바텐더가 만취가 된 사내의 멱살을 잡아 끌어냈다. 그러자 문 옆의 다른 사람이 기다렸다는 듯이 무릎으로 주정뱅이의 가슴에 일격을 가했다.

아그네시카는 구제고지에게 몸을 내밀면서 애원했다.

"그나저나 나라는 존재는 오빠에게 별 의미가 없는 것 같아요, 그렇죠?"

"그건 역설적이야. 그런 방법은 전혀 믿을 수가 없지. 스탈린도 그 방법을 썼다가 실패했었지. 도대체 내가 너한테 의미가 있다고 하는 건 뭐겠니?"

"그런 까다로운 문제는 이젠 생각하기도 싫어요. 지금은 피곤해 죽겠어요."

"피곤한 건 누구나 마찬가지야. 몸도 마음도 지칠대로 지친 이 나라에서 전 국민에게 공통된 것이 두 가지가 있어. 그것은 바로 술과 피곤이야."

"하지만 언젠가는 다 잘될 거예요."

"나도 그런 생각을 가지고 있지. 하지만 우리가 어떤 형태로 살았는지, 국민이 어떠한 취급을 받았는지를 생각하면 어떻게 이 현실을 믿을 수 있겠니? 그리고 공산당원들조차 그들이 죽은 뒤에야 명예라는 것을 회복하는데, 너는 살아 있는 동안에 나의 명예를 회복시켜 준단 말이니?"

"하지만 오빤 조금도 잘못한 점이 없어요."

"결국 나에겐 힘이 없었어. 나도 처음엔 공산당에 협력한답시고 이리저리 분주하게 뛰어다녔지만 결국 내가 가졌던 것은 단순한 광신뿐이었어. 내가 실제로 했던 행동 범위 안에서는 나는 결국 무뢰한에 지나지 않았던 거야. 그래도 나는 나대로 내 임무에 최선을 다했으니까 거기에 나름대로 의의가 있다고 생각해. 나는 학교에서 서기장이라는 감투를 쓰고 있었지만 그들의 지령대로 일했을 따름이야. 아아, 내가 한 일, 아니 도대체 나라는 존재는 과연 어디에 있었단 말인가? 나는 돼지 같은 인간인가? 아니면 그 흔해 빠진 영웅이란 말인가? 아냐, 아냐. 그 따위는 중요한 게 못 돼. 아무리 돼지 같은 놈일지라도 필요하다면 내일 당장 영웅이 될 수 있는 현실이니까. 나는 지금 과연 어디서부터 내 생활을 시작해야 하는지 그게 고민이야. 그리고 과연 미래에는 나의 모습이 순결할 수 있는지 확실히 알고 싶어."

"오빠, 그것은 당장 여기서 확신할 순 없어. 거기에 대해서는 현명하고 슬기로운 사고방식이 따로 있어요."

"그래. 현명한 사고방식이랍시고 숱한 바보들은 달려들어 실행하려고 하지. 하지만 결과는 너무나도 뻔해."

아그네시카는 극심한 피로 상태에 있었는데다가 구제고지마저 이렇듯 냉소적으로 나오니까 정말 무너져내려 주저앉을 것만 같았다. 구제고지의 말을 귀기울여 듣기는커녕 눈을 뜨고 있는 것만도 다행이었다.

"오빠의 얘기는 결국 술을 더 마시겠다는 구실밖에 되지 않아요. 오빠는 언제나 그런 구실을 잘도 찾더군요."

그러나 구제고지는 거기에는 아랑곳하지도 않고 자못 심각하게 말을 이었다.

"내가 살아 있다는 엄연한 사실은 말하자면 무슨 일이라도 할 수 있다는 충분한 구실이 된다고 생각해. 그러나 나는 알고 싶어. 그 다음에는 무엇이 오는지 말이야. 너는 그것도 구실이라고 하겠지. 그래도 괜찮아. 그러나 내가 다음에 말하는 기막힌 사연을 들어 봐라. 나는 옛날의 학교 동창생을 우연히 길에서 만난 적이 있었어. 수년 만에 만나는 만남이었지. 그래서 우리는 반가워서 곧장 바로 가서 술을 마셨어. 당시에 그와 같은 인간은 완전히 문자 그대로 완고한 반동분자에 속했었지. 그러나 우리는 그것에 상관하지 않고 옛날의 친한 친구로서 다정하게 여러 가지 이야기를 나눴지. 흉허물없이 얘기했던 거야. 이야기 중간 중간에 서로의 의견은 달랐지만, 그래도 그것을 서로 이해하는 정도로 받아들이고 헤어졌지. 그런데 언제 또 만날 기약도 없이 바를 나와 헤어진 지 불과 세 시간 후에 다시 만났어. 보안 경찰을 대동하고서 말이야. 그런 인간은 말하자면 적이었어. 가장 악질이었지. 그는 무기를 가지고 있지는 않았어. 그렇지만 그는 사람들 사이에서 귓속말로 소곤대고 선전하면서 혼란을 일으켰거든. 그런 인간은 무기를 든 갱보다도 훨씬 위험한 인물이었지. 내가 친구를 만나서 바로 들어갔다는 사실은 말하자면, 역사란 우리 두 사람 어느 편에도 가담하지 않았다고도 할 수 있는 거야. 나는 친구한테 내 생각을 말했고, 그는 나에게 그의 자유를 지켰으니까 말이야. 그것뿐이야. 아아, 우리는 과연 어느 편이 보통의 인간이었는지 아직도 모르겠어. 물론 보안 경찰에서는 정당한 심판을 내렸겠지만 나는 아직도 사실의 진리를 모르겠어."

구제고지는 여기서 얘기를 끊고, 아그네시카에게 바싹 다가앉으면서 조용히 말머리를 돌렸다.

"아그네시카야, 설사 그 여자가 나를 찾아온다고 해도 그 일은 일요일이 끝난 다음에야 일어날 거야. 그건 그 여자가 지금의 남편과 어린 것을 버리고 나하고 산다는 의미인데, 그때 과연 나는 어떤 얼굴을 하며, 어떤 기분으로 그 여자와 지낼 것인지? 만일 내가 내 자신을 믿지 않고 나라는 존재를 경멸하게 되어도 나는 과연 그 여자를 계속 사랑할 수 있을까? 우리가 살고 있는 이 세계란 연애가 성립될 여지가 있는 곳일까? 우리가 여자와 같이 자는 것은 무슨 사랑의 행위라기보다는 친구들에게 떠벌릴 얘깃거리를 얻기 위해서일 거야. 나는 내 생활을 단순한 환상으로 만들고 싶지는 않아. 다시 말하자면 나는 내 연애를 숨기고 싶지 않아."

구제고지는 계속 얘기했다.

"인간이란 자기의 음성을 자기의 목 안에서 들을 수 있듯이, 자기의 생활은 자기의 양심으로 느껴서 알 뿐이야. 나는 더러워진 내 손을 닦기 위한 물을 발견하고 싶단다. 이런 형편에 과연 연애에 대해서 얘기하고 있지만 과연 그것이 어떤 정체를 하고 있는 성질의 것인지에 관해서 알고 있는 사람은 거의 없을 거야. 아아, 우리는 어떻게 해서 순진한 감정과 더럽혀진 손을 화해시킬 수 있을지 이게 문제야. 그러나 문제는 거기에서만 그치는 게 아니야."

구제고지는 계속 말을 했다.

"오늘날 이 시대에서 '죽느냐 사느냐 이것이 문제로다' 라고 심각하게 고민하는 햄릿 따위는 조그만 도시에서 공산당 서기에게 순종하는 사환 노릇밖에 달리 할 게 없어. 오늘날 이 현실은 일찍부터 생각해왔던 모든 양식들을 마치 진흙으로 빚어 놓은 비둘기를 짓밟듯 산산이 부숴버렸어. 그 대신 우리는 무엇을 만들어내야만 하는데 과연 무엇을 만들어내야 하는지? 그야말로 '죽느냐 사느냐 이것이 문제로다' 의 주인공들은 극도로 피로해 있어. 그들은 즐비하게 땅 위에 쓰러지고 있어. 그러면 그들을 다시 일으켜 세울 수 있는 건 무엇일까? 여기서 급속도로 불길한 예감이 대두하게 되고, 지금은 '죽느냐 사느냐' 가 유일한 모랄이 되어 가고 있는 실정이지. 붕괴를 막기 위해서는 거짓 재료인 '공포정치' 도 마구 휘두르는 이 세계에서 과연 무슨 가치있는 일이 나타나겠느냐 말이야. 아아, 인공위성까지 창조

한 이 세계에서 솔직한 감정과 진리를 추구하는 인간은 '죽느냐 사느냐 이것 때문에 피난처를 발견하지 않으면 안 되게 되어 있어. 알겠니, 아그네시카야? 휴우, 어이 이봐, 여기 술 좀 더 가져와!"

구제고지가 빈 병을 카운터 테이블 위에다 쾅쾅 치자, 웨이터가 깜짝 놀라 달려왔다. 창문은 주정뱅이들이 내뱉는 입김과 음식 냄새로 더러운 빛이 완연했다. 곤드레가 다 된 또 한 패거리의 무리들이 우르르 몰려 들어왔다. 아그네시카는 그들이 어떤 족속이란 것을 그들의 옷차림에서 금방 알 수 있었다.

"이제 이곳도 문 닫을 시간이구먼."

구제고지가 손목시계를 쳐다보며 중얼거렸다.

"건축 기사들이군. 저들은 어디서 마시다가 마지막 한잔을 하러 여기 온 게 틀림없어. 그래도 제 딴에는 대중들과 접촉하기 위해서라고 그럴 듯한 명분을 가지고 있으니 정말 웃기는 세상이라구, 흥."

구제고지가 막 들어온 패거리들을 보고 빈정거렸다. 바텐더가 아그네시카의 자리에 술병을 가져왔다.

"외상값은 언제쯤 해주시겠습니까?"

"이삼 일 안으로 지불해 줄게."

구제고지의 말에 바텐더는 더 말하지 않고 자리로 돌아갔다.

"얘, 저치들 좀 봐라. 너에겐 좋은 구경감이다."

아그네시카는 구제고지가 가리키는 쪽으로 시선을 돌렸다. 바에는 술꾼으로 득실거리고 있었는데, 그 중에도 영국제의 훌륭한 양복을 입은 기품있는 노신사가 유독 돋보였다. 그는 좀도둑처럼 생긴 청년의 어깨를 툭툭 치면서 무게를 잡고 얘기하고 있었다.

"이봐, 젊은이. 나도 이 나라 사람이야. 바르샤바 워라 지구 출신인데 자네처럼 젊었을 때는 약간 겉멋이 들어서 극장 출입을 자주 했었지. 나는 카우보이가 나오는 영화를 좋아했는데, 그 당시 워라 지구에서는 카우보이 흉내가 한창 유행이었거든. 혹시 워라 출신의 스타세코 마리노프스키를 아는가?"

"아뇨, 모릅니다."

초라한 모습으로 잔뜩 주눅이 들어 있는 청년은 좁은 얼굴에 주름을 지으면서 대답했다. 호기있게 말하고 있는 노신사와 대조가 되어서 그 청년은 더 왜소해 보였다.

"내가 자네만 했을 때는 정말 무서운 시대였어. 굶주림과 그 비참한 모습이란 차마 이루 말할 수가 없었지. 일자리를 구하기란 꿈조차 못 꿀 일이었으니까."

노신사는 자기 얘기에 취해서 더욱 의기양양해져 큰소리로 외쳐댔다.

"어이, 웨이추레스! 아니 여왕님! 여기 있는 모든 손님들에게 한잔씩 드려라. 자 여러분! 워라의 노동자 계급을 위해서 건배합시다. 자, 건배!"

자기에게로 모든 시선이 주목되자, 신바람이 난 노신사는 러시아 말까지 동원해가면서 외쳐댔다.

"이건 나의 성의로 한턱 내는 것이니, 여러분 사양하지 마시고 드십시오."

그리고는 이제까지 얘기하던 옆의 청년을 돌아다보며 새삼스레 인사를 했다.

"나는 안드레이인데 자네는 뭐라 하나?"

"가지크입니다."

"그래, 자 가지크 군. 자넨 내 마음에 쏙 들었어. 그러니 들자구. 자아, 가지크 군을 위해서. 그리고 워라를 위해서!"

구제고지가 자리에서 일어서서 손잡이가 달린 큰 유리잔에 병에 든 술을 전부 부어 들고 그 노신사 일행에게 다가갔다. 그는 가슴을 드러낸 이브닝 드레스를 입고 있는 여자에게 정중하게 경례를 한 뒤에 말했다.

"여러분, 제가 이 자리에 함께 끼어서 축배를 들어도 괜찮겠습니까?"

"아, 물론이죠. 어서 오십시오. 자, 이리로."

몇 사람이 자리를 비켜서며 환영했다.

"자, 워라 지구의 노동자들을 위해서!"

구제고지가 잔을 높이 쳐들며 외쳤다. 그리고 다음 순간에 그는 그 높이 쳐들었던 술잔을 노신사를 향해 쏟아부어 버렸다. 순식간의 일이었다. 노신사 옆에서 바보처럼 서 있던 젊은이가 기다렸다는 듯이 제크나이프를 번쩍 쳐들었다. 순간 구제고지가 권총을 꺼내 들었다. 그리고 왼손을 들고 위엄있게 얘기했다.

"조용히 해. 움직이지 말고. 난 시골뜨기 같은 싸움은 하지 않아."

잠시 후 구제고지와 아그네시카는 술집을 나왔다.

"기분이 좀 풀렸어요?"

아그네시카가 물었다.

"응. 약간은 후련해."

그는 권총을 포켓에 집어넣으며 말했다. 아그네시가가 옆눈으로 살짝 그를 흘겨보면서 얘기했다.

"오빠의 폴란드인 기질은 여전하군요."

구제고지는 어깨를 움찔하고는 쓸쓸히 미소를 띠었다.

"그 늙은 영감탱이는 뭐라 노동자 계급을 위한다고 하면서 카우보이 영화를 운운했어. 제기랄, 그런 자식이 어떻게 노동자 계급의 꿈과 희망과 좌절을 진심으로 이해할 수가 있단 말이야."

그는 잠시 멍하니 허공을 바라보다가 다시 말을 이었다.

"아그네시카, 그 여자 일요일에 올까?"

"네. 꼭 올 거예요."

아그네시카는 시무룩하게 대답했다.

그녀는 자기 자신도, 자기 말도, 그리고 밝아오기 시작한 하늘도 믿어지지가 않았다.

8장
존재의 의미에서 확인까지

"정말 미치기라도 했으면. 정말이지 그러기나 했으면 오죽 좋을까."

아그네시카는 중얼거리면서 창가로 걸어갔다. 피에트레크는 그녀가 가까스로 눈물을 감추는 옆얼굴을 놓치지 않았다. 그러나 그는 그녀 곁으로 가지 않았다.

시계의 분침이 12자에 가까워지고 있었다.

벌써 일곱 시야.

아그네시카는 생각했다.

그 사람은 안 올지도 몰라. 그래, 틀림없이 안 올 거야.

일단 안 온다는 생각이 들자, 왠지 안심이 되었다. 그리고 가슴 콩닥이며 기다리는 기분이 어느 정도 안정되었다.

그녀는 지금 중앙 역 시계탑 아래 서 있었다. 토요일이었다. 주말 기분에 들뜬 사람들이 플랫폼으로 몰려들었다. 짐꾸러미며 트렁크를 든 사람들은 물결치는 인파 속에서 서로 이리 밀리고, 저리 밀리고 하면서 욕지거리를 하며 앞을 다투고 있었다. 스피커에선 발차한다고 목쉰 소리로 계속해서 알리고 있었다. 바로 그 밑에서는 붉은 색과 녹색의 신호등이 깜박이고 있었다.

아그네시카는 또다시 시계를 바라보았다. 분침은 12자를 지나 3자를 가리키고 있었다.

이제 끝났어. 이제는 그만이야.

아그네시카는 초조해지는 마음을 자꾸 진정시켰다.

아아, 저 북적대는 아우성 모두가 쓸데없는 짓들이야. 저 사람들은 괴로움 따위는 모르고 지내는지도 몰라. 단지 그저 마비 상태라고 해야 옳아.

시계 바늘이 다시 1분을 더 지나, 막 4분을 가리키고 있었다. 아그네시카가 시계 바늘에서 눈을 떼었을 때, 거기에는 뜻밖에도 피에트레크가 서 있었다.

"기다렸지? 전차를 탈 수가 있어야지. 토요일이라 어찌나 혼잡한지 원. 악착같이 전차 꽁무니에 매달렸다가 세 번씩이나 순경한테 붙잡혀 끌려내렸어."

아그네시카는 피에트레크가 나타나준 것만도 고맙다는 듯 쌩긋 미소를 지었다.

"그 순경이 나를 만나러 간다는 걸 눈치 채고 그런 게 아니었을까요?"

"눈치는 무슨. 자아, 어서 여길 나가자구. 어휴, 정신이 없구먼. 난 정거장이 싫어. 헤어진다는 기분을 자꾸 불어넣어 주는 곳이거든."

그러면서도 그들은 얼른 그곳을 뜨지 않았다. 서로 한참 동안 얼굴만 바라보고 있었다. 피에트레크의 얼굴은 창백했고 눈에는 피곤한 빛이 역력했다.

스피커가 다시 왕왕 울렸다.

―민스크 마조비에스키 행 열차는… ―

웅성거리며 기다렸던 군중들은 와아하고 달려갔다.

아그네시카가 물었다.

"요전 날 제가 뺨까지 때려서 화나셨죠?"

"아냐, 금방 잊어버렸는데, 뭘."

그는 별로 대수롭지 않다는 듯이 고개를 저었다.

"다들 아그네시카보다는 영리해. 또 누군가를 때릴 경우에는 고무장갑을 끼도록 해. 그래야 스물네 시간 실컷 남을 패주어도 어디에 상처 하나 나는 법이 없거든. 단지 고무장갑만 헐거워질 뿐이지. 마치 첫 이가 난 어린아기의 잇몸처럼 말이야."

"자, 이럴 때가 아니에요. 어서 가요. 그분은 몇 시에 방을 비워준다고 했어요?"

"여섯 시 이후라고 했어. 방 열쇠는 문앞 매트 밑에 넣어둔다고 했어."

"그럼 여기서 기다릴 필요가 없잖아요."

정거장을 빠져나온 그들은 도중에 작은 카페에 들렀다. 둥근 테이블을 점령해 둘러싼 사람들이 패를 지어 웅성거리고 있었다. 카페 한 구석에는 엷은 색의 호두나무로 만든 구식 피아노가 있었는데, 대머리의 사나이가 그 앞에 앉아 몸을 흔들고 있었다. 그런데 그가 갑자기 쾅 하고 키를 쳤다. 홀 안에 있는 사람들이 모두 놀라 그쪽을 바라보았다.

어휴, 저 바보 같은 자식, 졸고 있었구먼.

아그네시카는 눈살을 찌푸렸다. 그런데 별일도 아닌 일에 공연히 짜증을 내고 있는 자신을 돌아보고 괜히 머쓱해졌다.

한참만에야 말처럼 껑충한 웨이추레스가 커피와 케이크를 함께 가져왔다. 커피는 다 식어서 미지근했고, 케이크는 파삭파삭하게 말라 비틀어져 있었다. 앞에 두고도 먹을 맛이 전혀 생기지 않았다. 피에트레크는 잠자코 있었다. 그는 머리를 숙인 채 아무 생각도 없는 듯이 무심하게 스푼으로 차를 젓고 있었다.

"이것 보세요, 피에트레크. 당신은 지금 꼭 바보 같단 말이에요."

 아그네시카가 발끈해서 화를 냈다. 그녀는 그가 아무말도 하지 않자 점점 불안해지기 시작했다.

 "바보래도 좋아."

 피에트레크가 중얼거렸다.

 "아무런 얘기나 좀 해보세요."

 "난 지금 무서워. 언제나 걱정투성이야. 뭐 하나 바라는 대로 된 게 없으니까. 난 지금 정말 무섭다니까."

 아그네시카는 테이블 밑에서 그의 발을 걷어찼다. 그가 움찔했다.

 "그럼 나는 어떡하란 말이에요!"

 그녀의 목소리는 히스테릭하게 바르르 떨고 있었다.

 "나는 지금 어떡해야 하는데요?"

 "이봐, 아그네시카. 전에 누구하고 잔 경험이 있지? 그렇지?"

 그녀는 기차 차다는 듯이 그의 얼굴을 차디차게 노려보았다.

 "나는 지금 당신과 함께 있어요. 지금 우리에겐 그게 가장 중요한 사실이 아닌가요?"

 그녀는 갑자기 일어서서 그의 손을 잡아끌었다.

 "가요!"

8 요일

"잠깐 기다려. 계산은 해야 되잖아."

"그까짓 계산, 가진 것 모두 줘버리세요. 자, 가요!"

그들은 황급히 카페를 나섰다. 카운터에 있는 마담이 이상하다는 듯이 그들의 모습을 휘둥그래진 눈으로 보고 있었다.

거리에는 벌써 땅거미가 지고 있었다. 어깨를 나란히 하고 조용히 걸어가는 그들을 가로등이 희미하게 비춰주고 있었다. 피에트레크는 그녀의 허리에 손을 돌려 만지려고 했으나 아그네시카는 뿌리쳤다.

"왜 그래?"

그는 못마땅하게 물었다.

아그네시카는 걸음을 멈췄다. 그리고는 돌아서서 피에트레크의 얼굴을 빤히 들여다보았다. 피에트레크는 멋쩍은 듯이 눈을 감았다.

"피에트레크."

아그네시카가 속삭이듯 불렀다.

"응?"

"당신은 처음으로 여자와 잠자리를 함께 했을 때 어떤 기분이었어요?"

"글쎄, 행복한 기분이었다고나 할까?"

"그건 이젠 남자 구실을 할 수 있다는 우월감이나 성취감같은 기분인가요?"

"천만에. 그건 아니야."

"그러면요?"

"내가 여자로 태어나지 않아 다행이라는 기분이었지."

그는 쓸쓸하게 웃었다.

"홍. 그래요? 지금 우린 무얼 하러 가는 길이죠?"

"싫으면 그냥 되돌아가도 돼."

순간 아그네시카의 얼굴에 망설이는 빛이 얼핏 지나가는 것을 그는 보았다.

"아니에요. 그냥 가요. 그냥 알고 싶었을 뿐이에요."

둘은 아무 말 없이 또 걷기 시작했다. 가로등 밑을 지날 때, 그들의 그림자가 한데 겹쳤다가 한쪽으로 뻗어갔다. 길가 집들의 지붕 위에서는 고양이들이 울어대고 있었다. 비슬라 강에서 싸늘한 저녁 기운이 불어왔으나 아그네시카는 오히려 더운기를 느끼며 블라우스의 윗 단추를 풀었다.

"내가 감옥에 들어갔던 이래 이게 처음이군."

"뭐가요?"

"으응, 지금부터 우리가 하려는 것이."

"그래요?"

아그네시카는 짐짓 심드렁하게 대꾸했다.

"그래, 이런 참다운 자유는 빨리 오는 게 아닌가 봐."

"아직 멀었나요?"

"아냐, 이제 바로야. 백 야드, 오십 야드, 이십 야드, 십 야드……."

피에트레크는 수를 세면서 어느 집 앞에 다다랐다. 그들은 집 안으로 들어갔다. 그리고 계단을 올라갔다. 어딘가 위쪽에서 고양이가 울고 있었으나 보이지는 않았다. 아그네시카는 그 고양이 울음소리가 무척이나 신경쓰였다. 당장이라도 나타나기만 하면 잡아 죽이고 싶었다. 계단에서는 빨래 냄새, 소금절인 캐비지 냄새, 감자 부침 냄새 따위가 풍겨왔다. 그때 아그네시카의 머릿속에 얼핏 하나의 생각이 스쳐갔다.

이런 일이 전에도 있었어. 그래, 바로 이런 일이 분명히 어디선가 일어났었어. 이 계단, 이 고양이….

어떤 남자 하나가 계단을 내려오면서 그들의 얼굴을 물끄러미 쳐다보며 지나갔다. 아그네시카는 입에서 막 나오려는 욕을 참았다.

뭣 때문에 그렇게 빤히 쳐다보는 거야, 이 바보야!

마침내 그들은 어느 방문 앞에 다다랐다. 거기서 그들은 방금 울던 고양이를 발견했다. 고양이는 그들을 보자, 놀라서 달아나며 더 날카로운 소리로 울어댔다.

피에트레크는 허리를 굽혀 매트 밑으로 손을 넣었다. 한참 동안을 더듬다가 그는 일어섰다.

"어, 이상한데. 열쇠가 없어. 분명히 여기 넣어둔다고 했는데."

그는 이해할 수 없다는 듯이 말했다.

"그럼, 혹시 안에 있는 게 아니에요? 한번 노크해 봐요."

아그네시카가 재촉하듯 얘기했다. 피에트레크는 그럴 리 없다는 듯이 주저했다.

"설마 그놈이······."

말을 마치기도 전에 아그네시카가 말을 가로막았다.

"딴 소리 하지 말고, 어서 노크나 해보시라니까요."

피에트레크는 갸우뚱거리면서 조용히 노크를 했다. 안에서는 아무런 반응이 없었다. 참다 못한 아그네시카가 문 앞으로 다가갔다. 아그네시카는 있는 힘껏 문짝을 걷어찼다. 계단 밑에 숨어있던 새끼 고양이가 야—옹! 죽는 시늉을 하며 도망갔다.

이윽고 방안에서 슬리퍼 끄는 소리가 들리더니, 손잡이가 삐

걱거리는 소리와 함께 문이 안쪽에서 열렸다. 거기에는 여자처럼 곱상하게 생긴 청년이 멍청하게 서 있었다. 그는 이제 막 잠자리에서 나온 것처럼 아직 초록색 파자마를 입고 있었다.

"아아. 자네였군."

그는 피에트레크를 보자 얼른 인사했다.

"이런 바보 같으니라구. 깜빡 잊고 있었다네. 정말 미안해. 하지만 뭐, 염려할 건 없어. 다 좋은 수가 있으니까. 자, 들어오게나."

그는 손으로 골마루를 가리켰다. 그는 발에 온 힘을 주고 몸을 가누려고 했지만 몸은 기우뚱 기울어져 금방이라도 쓰러질 것만 같았다. 어젯밤인지, 오늘인지 마셔댄 술이 아직 깨지 않은 모양이었다.

"아냐, 아냐. 괜찮아."

피에트레크가 어색하게 대답했다.

"뭘 꾸물거려요. 어서 들어가지 않고선."

아그네시카가 힘껏 그의 등을 떠밀었다. 그들은 트렁크며 문설주 등에 걸려서 채이며 골마루를 지나갔다. 나프탈린 냄새, 낡은 신문지 냄새, 라벤더 꽃의 야릇한 냄새가 한데 범벅이 되어 묘한 냄새를 풍기고 있었다.

파자마 바람의 청년은 잠과 술에서 덜 깬 몸을 가까스로 가누며 앞장 서서 방으로 안내했다.

  "여기야."

  그들은 방안으로 들어섰다. 조그만 침대 등 하나만이 켜져 있었다. 방안에 들어선 아그네시카가 최초로 발견한 것은 실오라기 하나 걸치지 않은 채 침대에 누워 있는 여인의 알몸이었다. 너무나도 어처구니 없는 광경이었다. 세 사람이 들어갔는데도 그녀는 전혀 알아차리지 못했다.

  완전히 곯아 떨어졌군.

  아그네시카는 생각했다. 청년은 약간 당황한 듯 멋쩍게 머리를 긁으면서 얼버무렸다.

  "이 여자는 기차 안에서 만났지. 남편인지 피앙세인지를 찾아가는 길이었나 봐."

  그 청년은 아그네시카를 향하여 눈웃음을 보내고는 계속 얘기했다.

  "하여간에 이 세상은 넓다가도 좁은 세상이야. 결국은 모두 침대에서 만나니까 말이야. 하하하. 자, 그건 그렇고 침대가 저기 또 하나 있어. 자네들 비즈니스는 거기서 하라구. 커버만 벗기만 되니까. 단, 서로 방해가 되지 않도록 조심해서 하자구."

아그네시카는 간신히 화를 누르면서 말했다.

"참 너무도 친절하시군요. 그래요. 댁의 충고대로 조용히, 아주 조용히 비즈니스를 하겠어요. 그런데 계단 밑에서 울고 있는 고양이는 댁의 고양이인가요?"

"아, 그 고양이 말씀인가요? 네. 그건 제겁니다."

아그네시카는 계속 아무런 부끄러움도 못 느끼는 청년을 노려보다가 피에트레크 쪽으로 돌아섰다.

"이따위 친구는 턱주가리를 한 대 먹여 줘야 돼요. 어서요. 빨리요!"

아그네시카의 울부짖음에 피에트레크는 그냥 냅다 친구의 관자놀이를 쳤다. 청년은 통나무처럼 쿵, 하고 그 자리에 쓰러졌다.

"그건 고양이를 굶긴 죄값이에요."

아그네시카가 쏘아붙였다.

"그만 돌아가자구."

피에트레크는 아그네시카의 팔목을 낚아챘다.

"잠깐만요."

그녀는 잡힌 팔목을 뿌리치고는 스위치 있는 곳으로 가서 불을 켰다. 방안은 금세 환해졌다. 아그네시카는 알몸의 여인에게로 다가갔다. 그리곤 몸을 구부리고 앉아서 찬찬히 살피듯 그녀를 살펴보았다.

"이봐! 미쳤어?"

피에트레크가 버럭 소리를 지르면서 그녀를 일으켜 세웠다.

"아뇨. 나는 이 여자를 잘 봐두고 싶어요."

아그네시카는 놀랍도록 침착한 태도로 말을 이어 나갔다.

"이리 와서 좀 보세요. 얼마나 귀여운 입과 코예요. 취해서 곯아떨어진 게 못내 유감이군요. 눈을 감지 않았더라면 눈동자 빛을 보았을 텐데. 감색 눈일까? 혹은 나처럼 녹색 눈일까? 이 여자를 기다리는 남자는 과연 어떤 사람인지 궁금하군요. 아, 이것 보세요. 얼마나 멋진 젖가슴인지. 아직 스무 살도 채 안되었겠는데요."

"아, 글쎄 아그네시카, 왜 이러는 거야? 미쳤어? 정말 미쳤군 그래."

"미치긴 누가 미쳐요?"

아그네시카는 잠든 젊은 여자의 몸에 이불을 덮어주고, 베개까지 잘 고쳐주었다.

"정말 미치기라도 했으면. 정말이지 그러기나 했으면 오죽 좋을까."

아그네시카는 중얼거리면서 창가로 걸어갔다. 피에트레크는 그녀가 가까스로 눈물을 감추는 옆얼굴을 놓치지 않았다. 그러나 그는 그녀 곁으로 가지 않았다. 그녀는 화분에 손을 얹었다. 피에트레크는 떨리는 그녀의 흰 손가락을 보았다.

방의 주인 청년이 겨우 의식을 회복했다. 그는 일어나기는 했지만 아직도 눈앞이 어질어질한 모양이었다.

"이봐, 피에트레크, 도대체 어찌 된 거야?"

그는 얼떨떨한 소리로 더듬거렸다. 아그네시카가 휙 돌아서면서 외쳤다.

"그 턱에 한 대 더 먹여요. 피에트레크, 어서요!"

피에트레크의 주먹이 번개같이 날아가 그 청년의 턱을 강타했다. 일어서려던 청년이 이번에는 의자와 함께 나뒹굴며 나가떨어졌다.

"이건 꽃에 물을 안 준 벌이에요."

아그네시카가 웃으면서 계속해서 주인 청년에게 경고하듯 말했다.

"당신은 꽃과 동물을 학대하고 있군요. 천하에 나쁜 사람 같으니라구!"

거리에 나오자 아그네시카는 큰 소리로 웃어댔다. 피에트레크는 그런 그녀의 팔을 잡고는 애원하듯 말했다.
"실성한 사람처럼 왜 이러는 거야?"
그들은 걷던 발을 멈추었다.
"이런 경우에 대해서 당신은 나를 이해하지 못할 거예요. 감옥에서는 이런 일이 절대로 없었을 테니까요."
아그네시카가 화가 잔뜩 난 얼굴을 하고 단호하게 말을 하자, 피에트레크는 한 발 뒤로 물러서면서 심각하게 생각에 잠긴 듯 얘기했다.
"아그네시카, 이제 우리 그만 만나는 게 좋겠어. 어떠한 인간관계든 거기에는 넘어서는 안될 한계선이 있는 법이야. 모든 걸 단념해버리고 추억만을 간직하는 게 더 나을 것 같아."
아그네시카는 웃었다.
"당신이 인생에서 배운 것이라고는 고작 그것뿐인가요? 단념, 그리고 항상 얘기하는 감옥인가요?"
"그렇다고도 할 수 있지."
그는 조용히 말을 계속했다.
"시궁창에 빠져 허우적거리며 가라앉을 때까지 지켜보는 것보다는 빨리 단념하는 것이 나아. 그러나 나는 아직 죽고 싶지는 않아. 어떻게든 살아야 돼. 살아가자면 무엇인가 추억거리를 만들어야 돼. 평생 그 추억거리들을 생각하면서 지낼 수 있도록 말이야."

"이봐요, 피에트레크. 나는 당신을 사랑하고 있어요. 그러니 당신과 함께 있겠어요. 오늘밤 당신 사람이 되고 싶어요. 이젠 어디서, 어떻게 하든 상관하지 않겠어요."

술 취한 한패가 그들 앞을 지나갔다. 그들은 비틀거리며 좁은 길을 좌우로 휩쓸듯이 걷고 있었다. 피에트레크와 아그네시카는 그들을 피해서 넓은 길가로 나왔다.

"내가 있는 곳으로 가."

"당신 있는 곳으로요? 하지만 당신은 친구 네 사람과 함께 있잖아요."

"다들 외출했어. 아직 돌아오지 않았을 거야."

말은 그렇게 했지만 확실한 자신은 없었다.

"오늘은 토요일이고, 밤도 아직 깊지 않았으니 다들 외출하고 방은 아직 비어 있을 거야. 안에서 문을 잠그고 친구들이 와도 모른 척하면 그만이야. 하기야 내일 날이 밝으면 나를 그 집에서 쫓아내겠지만……."

피에트레크는 흥분한 탓인지 큰소리로 말했다.

"그러니 제발 가자구! 그저 잠깐이면 된다니까!"

둘은 오던 길을 다시 되돌아 걸었다.

그들은 다시 어깨를 나란히 하고 걸었다. 서로 약속이나 한듯이 한 마디 말도 하지 않고 자기들의 발소리에만 귀를 기울이며 걸었다. 그들은 바며 상점이며 영화관을 지나쳤다. 아그네시카는 쇼윈도 속을 바라다보며 생각했다.

벽, 네 면의 벽, 아니 세 면이라도 좋아. 세 면이라도 방이 될 수 있을까? 그런 방에서 사람이 살 수 있을까? 그럼, 그런 방이 어디 없을까?

아그네시카는 더 이상 생각하지 않으려고 머리를 흔들었다. 그러나 일단 떠오른 생각은 쉽사리 사라지지 않았다. 머릿속이 더욱 복잡해질 뿐이었다.

그녀는 몹시 졸렸다. 푹 잠들고 싶었다. 지금 피에트레크를 따라 걷고 있으면서도 어디를 어떻게 걷고 있는지 도대체 알 수가 없었다. 한참을 걸어 그의 안내로 하나의 문을 지나 깜깜한 뜰에 들어섰을 때에야 비로소 그녀는 제 정신으로 돌아왔다. 그리고 불안스런 눈으로 주위를 둘러보았다. 불이 켜진 창문은 하나도 없었다.

"왜 이렇게 어두워요?"

아그네시카가 물었다.

"응, 아직 녀석들이 돌아오지 않았나 봐."

아그네시카가 다시 정신 차리고 똑바로 사방을 둘러보니 거기에는 앙상하게 형태만 갖춘 판자집이 있었다.

"이게 당신이 사는 집이에요?"

"응. 이 집에 사는 사람은 우리 일행뿐이야. 우리들끼리 아무렇게나 이렇게 사람이 살 수 있게끔 만든 거야. 방에 들어가려면 높은 사닥다리를 타고 올라가야 하는데, 서커스의 줄타기보다는 좀 쉽지. 하지만 그런 건 뭐 하나도 대수롭지 않아. 자, 녀석들은 모두 나가고 없어. 이제는 우리 둘 뿐이야. 알겠어? 우리 둘뿐이라니까, 아그네시카."

"우리 둘뿐요?"

그녀는 피에트레크를 정면으로 바라보며 되씹었다. 그리고 갑자기 그를 끌어안았다. 아그네시카는 미친 듯이 그의 눈과 입에 마구 키스를 퍼부었다.

"지금 여기는 우리 둘뿐이죠? 그렇죠? 우리 둘뿐."

그녀는 부르짖듯 말했다. 있는 힘을 다하여 피에트레크를 끌어안았다. 그런데 바로 그 순간 위쪽에서 장방형의 불빛이 둘의 머리 위에 내리비쳤다. 그녀는 눈을 감아버렸다. 피에트레크는 살그머니 그녀의 몸을 떼어 놓았다.

"녀석들이 들어와 있었어. 이 폐허 같은 곳에서는 단 한 개의 창에만 불이 켜지는데 저게 바로 우리들 방이야."

아그네시카는 조용히 머리를 들어 위를 올려다보았다. 피에트레크의 창 위로 별들이 안개 속에서 반짝거리고 있었다. 어떤 시커먼 짐승이 그들 옆을 지나면서 부드러운 발소리를 내었다.

"내일은 일요일이에요."

아그네시카가 볼멘 소리로 말했다.

"교외로 나가요, 피에트레크. 이봐요! 듣고 있는 거예요? 담요 한 장 가지고 내일 당장 떠나는 거예요. 숲이건 어디건 상관없어요. 단지 이 도시를 떠날 수만 있다면. 내일 오전중으로 날 데리러 와요, 알았죠?"

아그네시카는 피에트레크에게서 떨어지면서 마구 달렸다. 눈물이 뺨에 흘러내렸다. 지나가는 행인들을 마구 밀치면서 미친 듯이 달렸다. 행인들의 이상한 눈초리를 의식하고 나서야 천천히 걸었다.

얼마가 지나서 아그네시카는 집 앞에 다다랐다. 발을 멈추고 멍하니 가만히 섰다. 맥이 탁 풀리면서 주저앉고 싶었다.

다시는 거기에 안 간다! 절대로 안 갈 거야!

아그네시카는 마음속으로 단단히 다짐했다. 한참 후에야 이층으로 올라가려고 하는데 층계 어귀에서 자와즈키와 마주쳤다. 그는 오토바이를 타려는 건지 헬맷을 쓰고 있었다.

"카뷰레터를 말끔히 청소했어. 이번엔 신나게 구를 거야. 같이 타볼 생각 없어?"

그는 우쭐해 하면서 말했다.

"대단히 감사해요. 하지만 저는 아직 생명 보험에 안 들었는데요."

"집에 들어가서 골치 아픈 생각만 하고 있기 보다야 낫지 뭘 그래. 그리고 오빠는 바로 저 세 집 건너 술집에서 술을 마시고 있더군. 좀 전까지 있었으니까 지금쯤 거기 있을 거야. 다른 술집으로 옮기기 전에 가서 데리고 오는 게 어때?"

자와즈키는 엔진에 시동을 걸자마자 쏜살같이 그대로 달려가 버렸다.

그래, 오빠한테나 가 볼까? 아니면 그대로 제멋대로 하게끔 내버려 둘까?

아그네시카가 멍하니 생각을 하고 있을 때였다. 별안간 꽝, 하고 뭔가 부딪치는 소리에 깜짝 놀라 그녀는 뒤를 돌아다 보았다. 자와즈키의 오토바이가 사과를 잔뜩 싣고 오는 짐마차를 들이받은 것이었다. 길바닥에는 터진 상자에서 쏟아진 사과가 사방에 흩어져 굴러다니고 있었다. 자와즈키와 행상인은 길거리가 떠나가도록 고함치며 싸웠다.

그래, 화끈하게 저렇게 싸우는 것도 괜찮은 일이야.

아그네시카는 구제고지가 일러준 그 술집으로 오빠를 찾아갔다. 이 술집은 사백 파운드씩이나 돈을 가진 키 큰 선원의 소유였는데, 그가 죽은 뒤에는 그를 모델로 그린 만화 한 장만이 벽 위에 걸려 있었다. 그것은 거인이 순양함을 들고 있는 그림이었다.

아그네시카는 구제고지 옆으로 다가갔다.

"오빠, 지금은 일부러 찾아온 게 아니에요. 정말로 우연히 만났어."

"그렇다고 해두자. 어쨌든 앉아라."

"오빠, 제발 이렇게 빌 테니 나를 생각해서라도 집으로 돌아가 줘요. 엄마는 오빠 말만 하면서 밤새도록 히스테리 발작을 일으키고 있어요. 그 와중에 나는 밤잠도 제대로 잘 수 없구요. 정말 어쩔 수 없이 오빠를 찾아 밤거리를 헤매게 되는 거예요."

"그 여자 아직도 안 왔니?"

"네, 안 왔어요."

잠시 둘 사이에 침묵이 흘렀다. 아그네시카가 침묵을 깨뜨렸다.

"오빠, 권총 가지고 계시죠? 그걸로 나를 쏴 죽여요. 엄마도 죽이구요. 그래도 마음이 내키지 않는다면 누구든지 상관말고 더 죽이세요. 그러나 집에만은 제발이지 돌아가 주세요. 부탁이에요."

"앞으로 단 하루밖에 안 남았어. 만일 내일까지 기다려도 그 여자가 나타나지 않으면 그걸로 끝장이니까 아무 문제도 없는 거야."

두 사람은 얼마 동안을 아무 말도 하지 않았다. 그러나 아그네시카는 지금 오빠가 무슨 말을 하고 싶은데 참고 있다는 걸 알 수 있었다. 그녀는 오빠의 경련하는 듯한 입술을 눈여겨 볼 뿐이었다. 아그네시카의 머리는 여러 가지 생각이 뒤엉켜 혼란스러웠다. 뒤엉켜진 생각들은 하나의 커다란 덩어리가 되어 천근 만근으로 내리누르는 것만 같았다. 아무 생각도 나지 않고 그저 졸릴 뿐이었다. 정말이지 정말 쓰러져 자고만 싶었다.

아그네시카는 갑자기 벌떡 일어섰다.

"오빠! 내 건강을 위해서 축배를 들어요. 내 사랑을 위해서요. 그리고 일요일을 위해서!"

아그네시카는 오빠의 잔에 술을 부었다. 그가 잔을 입까지 가져갔을 때, 아그네시카는 오빠의 잔 든 손을 자기의 두 손으로 꽉 쥐고는 힘껏 오빠 입에 밀어넣었다. 잔이 깨졌다. 아그네시카는 계속 두 손으로 힘껏 눌렀다. 깨진 유리 조각이 오빠의 살에 박히는 것 같았다.

구제고지는 아무 소리도 내지 않았다. 다만 얼굴빛이 창백해지고 땀방울이 이마에 솟구치고 있었다. 두 사람은 테이블에 떨어지는 핏방울을 말없이 쳐다보았다. 너무 세게 두 손으로 누르고 있었기 때문에 아그네시카의 빗장뼈에서 우두둑하는 소리가 날 정도였다.

"가요."

아그네시카는 그 말 한 마디만 했다. 구제고지는 잠자코 일어섰다. 그녀는 여전히 그의 손을 잡은 채 조금도 힘을 늦추지 않고 그를 밖으로 끌고 나왔다.

"나를 때려요."

아그네시카는 오빠의 손을 놓으면서 조용히 얼굴을 내밀었다. 구제고지는 빙그레 웃었다.

"아그네시카, 너는 정말 멋진 인간이야. 나는 여태까지 인간이란 모두가 무력한 존재로서 공연히 많은 상상력만 가졌다고 생각해 왔었어. 그런데 오늘, 잔인성은 인간의 힘의 원천이며 기반이란 점을 너를 통해서 알았어. 아그네시카야, 너는 유감스럽게도 지금까지 네 본질을 드러내지 않고 있었어. 오늘에야 너를 다시 보게 되었구나."

구제고지는 아그네시카 옆으로 다정스럽게 턱을 들어 올리면서 말했다.

"네 마음 알았다. 그래, 집으로 가자꾸나. 난생 처음으로 네가 좋아졌단다."

9장
절망의 어깨 위로 내리는 비

8 요 일

"죽여요. 하지만 그 전에 우리가 원했던 것은 풀어줘요. 이후로 우리는 서로 얼굴도 못 보게 돼요. 그러니 제발 해주세요. 그래야 우리가 원하는 평화가 온단 말이에요. 그때가 되면 그리워서 조마조마하게 애 태우는 일도 없게 되고, 사랑하는 일도 없고, 일요일도 없고, 당신이 감옥 얘기를 할 필요도 없게 될 거예요."

아그네시카가 눈을 떴을 때, 아버지는 벌써 슬리퍼를 끌며 방안을 왔다갔다 하고 있었다. 아직 잠에서 깨어나지 못하고 저 멀리 아득한 곳으로부터 천천히 깨어나려고 할 때, 아버지가 거니는 단조롭고 규칙적인 발자국 소리는 잠겨 드는 졸음의 여운을 일시에 쫓아버렸다. 그녀는 꼼짝도 않고 반듯하게 누워 있었다. 눈을 뜨고 아버지의 동정을 살피려는 기력도 아직 없었다. 이윽고 아버지가 창가로 걸어오는 소리를 듣고서야 비로소 눈을 떴다.

아버지는 커튼을 밀어 제치고 창 옆에 서서 거리를 굽어보고 있었다. 두 손을 창문 턱에 얹고서 거리를 하염없이 내려다보고 있었다.

"비가 오는구나. 구름이 저렇게 드리우고 있으니 온종일 쏟아지겠군."

아그네시카는 겉옷을 걸치고 창가로 다가가 아버지와 나란히 섰다. 지붕에는 깨어진 빗방울의 미립자들이 뿌옇게 흩어지고 있었고, 들창에는 물이 콸콸 흐르고 있었다. 빗속을 사람들이 옷깃을 을시년스럽게 추켜올리고 총총히 걷고 있었다.

"우박인가요? 아니면 진눈깨비인가요? 오월 달에도 이런 일이 일어나다니, 참 희한한 일이네요. 이번 일주일 동안은 제법 무더웠었는데."

"오월 달이 아니라 한여름에 눈이 와도 상관하지 않겠는데, 왜 하필 일요일에 날씨가 이 모양이냐. 에이, 오늘은 꼭 낚시를 가려고 벼르고 있었는데……."

"일요일을 망쳐버리는 건 공산당의 심술이에요. 교회로 사람들이 자꾸만 가니까 진눈깨비나 비로 방해하는 거죠."

아그네시카는 나쁜 날씨와 공산당을 비유하면서 부엌으로 갔다. 자와즈키가 음조에 맞지도 않는 휘파람을 불며 수염을 깎고 있었다.

"좋은 아침. 우리 오빠는요?"

"몰라. 아침 일찍 어디론가 나갔어."

"자와즈키 씨는 안 나가세요?"

"어딜?"

"줄리아한테요."

"그건 또 어디서 주워들은 소리야? 그 여자 이름은 마리아야."

자와즈키는 화를 냈다.

"상관없어요. 하여간에 어디 안 나가요?"

"이런 비오는 날에 미친 개처럼 어딜 쏘다닌단 말이냐, 미쳤어?"

"날씨가 어때서요? 카뷰레터도 수리해 두었겠다, 그냥 놔두면 아깝지 않아요?"

"난 다음 일요일에나 나가야겠어. 여자를 좀 곯려 줘야겠어. 아직까지 이 자와즈키를 싫다고 내팽개친 여자는 없었으니까. 그런데 아그네시카는 왜 그렇게 나에게 관심을 갖지?"

그때 자와즈키의 턱에서 빨간 피가 배어 나왔다.

"어머머, 그것 봐요. 살을 베었잖아요. 면도를 할 때는 조심하세요. 흥미가 있어서 묻는 게 아니라 단순히 인사치레죠. 그렇다고 섭섭하게 여기지는 마세요."

그때 구제고지가 불쑥 부엌방에 나타났다. 그는 비에 젖은 코트를 벗어 던지고는 자기 침대에 걸터앉아 신을 벗었다.

"어디 불편하세요?"

아그네시카가 물었다.

"아니, 왜?"

"누우려고 하니까요."

구제고지는 아무 말도 하지 않고 충혈된 눈으로 아그네시카를 바라보았다. 잠시 후에 그는 창밖을 보며 얘기했다.

"이런 우울한 날씨에는 잠이나 자야지. 뭐 별 수 있겠어?"

"나가서 술이라도 마시지 그래요? 지금부터 저녁때까지 마시면 웬간히 취해서 밤에는 잠도 잘 올 테니까요."

"자, 나는 이만 사라질 테니 너희들끼리 놀라구."

자와즈키는 안 나가겠다고 해놓구선 밖으로 나갔다. 아그네시카는 오빠와 나란히 침대 위에 앉았다.

"오빠, 지금 취해 두면 전차나 트럭에 치일 기회를 얻을 수 있잖아요. 우리가 평화를 얻을 수 있는 방법이죠. 밤이 되면 시내가 고요하게 잠들어서 그런 기회조차 없어져요."

아그네시카가 다시 빈정거리면서 놀려댔다.

"이봐, 아그네시카야. 그래도 나는 오후 여섯 시 이전에는 결코 술을 안 마시는 주의란다. 낮부터 술을 마시면 세상이 파멸하고 마니까. 인간은 그래도 누구나 자기의 모랄을 지켜야 하는 법이야."

"오빠, 이렇게 취하지 않은 맨정신일 때 얘기해 두겠는데요. 오빠가 정 술을 끊지 않겠다면 오빠네 서기장한테 이를래요. 오빠는 지금 가족들한테 얼마나 해를 끼치고 있다는 걸 아세요."

구제고지는 누이동생을 빤히 쳐다보았다.

"하하하, 그러나 너는 당의 위력을 빌릴 시기를 잃어버렸다는 사실을 알아야 해."

그리고 아그네시카의 볼을 자기 손끝으로 툭툭 치면서 웃었다.

"놈들은 이미 내 당원증을 몰수한 지가 오래야. 그 이유는 내가 술을 사랑한 데 있지 않고, 반동분자라는 옛날 동창생과 사사로운 이야기를 나누었다는 인간적 우정에 대한 보복을 하기 위해서지."

"……"

아그네시카는 잠자코 듣고 있었다.

"비참한 폴란드여! 비참한 국가여! 비참한 국민의 사정을 누가 알아준단 말인가? 내가 술만 먹고 자포자기하게 된 근본 원인이 뭔지 알아? 놈들은 어떠한 수단과 방법을 써서라도 놈들을 위한 무엇인가를 수행하려고 한단다. 그래서 나도 보기좋게 거기에 걸려들고 말았지. 아, 모든 일은 이미 끝났어. 그러니 네가 지금 서기장에게 가서 할 수 있는 일이라곤 기껏해야 그놈과 잠자리를 같이 해주는 정도란다. 그놈들과 두어 번 만날 동안에 놈들은 계속 너를 못살게 굴 거야. 자, 이래도 나에게 또 할 말이 남아 있니?"

아그네시카는 입을 다물고 말았다. 빗물이 주룩주룩 내리고 있는 유리창만 물끄러미 바라볼 뿐이었다. 희뿌연 안개비로 거리의 반대편은 전혀 보이지가 않았다.

"오빠, 사람은 과연 어디까지 타락할 수 있는 건가요?"

"그 문제에 관해서는 나도 꽤 흥미가 있지. 난 여태까지 그 문제에 관해서 골몰해 온 거야. 내가 결혼을 하게 되면 가르쳐 주지."

"그 여자는 알까요?"

"그 여자라니?"

"오빠 애인 말이에요."

"내 마음속에는 이미 '애인'이란 단어는 사라졌어."

"하지만 오빠는 지금도 그 여자를 기다리고 있잖아요."

"나는 다른 일로 기다리고 있는 거야. 그런데 제기랄, 여태 아무 일도 일어나지 않고 있어."

그는 갑자기 흥분하면서 벌떡 일어섰다.

"너는 나한테서 어떤 해답을 얻고자 하는 거냐? 만일 연애니, 여자관계니 하는 것을 자세히 알고자 하면 저 권위있는 '청년의 깃발'이란 기관지를 읽어 보면 될게 아니냐. 언젠가 공산당에서 젊은 당원들의 연애는 어떻게 해야 할 것인가 하는 문제에 관해서 토론한 적이 있었어. 흥, 퍽이나 교훈적이었다고 할까? 머리에 쇠똥도 안 벗겨진 녀석들이 여자 문제에 대해서 발자크보다도 더한 웅변으로 떠들면서 지껄이는 꼴이란… 그 모습을 너한테 보여주지 못한 게 유감이구나. 자, 아그네시카야 이제는 이 오빠 잠 좀 자게 해다오."

구제고지가 막 침대에 쓰러지려고 할 때 아버지가 부엌으로 들어섰다.

"얘들아, 네 어미가 몹시 앓는구나. 심장이 몹시 아프다는데 어떻게 해야 좋을지 모르겠구나."

구제고지가 별 놀라는 기색도 없이 덤덤하게 대답했다.

"가장 좋은 방법은 아무것도 하지 않고 그냥 있는 거예요. 무슨 일이든 그런 방식으로 처리하면 적어도 양심의 고통은 안 받을 테니까요. 참, 아버지는 이번 집회소에서 현 세계를 뒤흔들고 있는 여러 가지 문제를 잘 토론하셨나요?"

아그네시카는 차를 한 모금 마시고 밖으로 나왔다. 피에트레크는 벌써 와서 기다리고 있었다.

"오래 기다리셨죠?"

피에트레크는 빙그레 웃기만 했다.

"어디 가서 커피라도 한잔 할까요. 어제 일은 거론하지 말기로 해요. 아픈 상처를 건드리지 않는 게 제일 좋으니까요."

아그네시카의 말에 피에트레크도 수긍했다.

카페 안은 아직 오전인데도 혼잡했다. 빈 자리를 찾아낼 수가 없었다.

그들은 텁텁한 카페를 나와 아래쪽의 거리로 향하는 전차를 탔다. 입구에 몇 명의 취한 사람들이 막아 서 있었다. 그들은 벌써부터 마시지 않으면 안될 기분이었는지 전차 안에서도 마구 옆 사람과 떠들고 있었다. 모처럼 일요일 기분을 내어 맘껏 멋을 부린 복장이 울상을 짓고 있었다.

"아그네시카, 우리 폴란드가 무엇과 같은지 생각해 본 적 있어?"

피에트레크가 불쑥 물었다.

"무슨 뜻이에요?"

"이를테면 프랑스의 이미지는 마리안느, 아메리카는 자유의 상징인 여신이듯이 말이야. 러시아는 곰으로 비유가 되지. 그런데 폴란드의 상징은 과연 뭘까?"

"글쎄, 잘 모르겠는데요."

"나는 말이야, 폴란드는 나라나 국민이 점점 구렁텅이에 떨어질수록 이 생각을 떨칠 수가 없어."

피에트레크는 문득 저쪽의 주정꾼들을 보면서 눈살을 찌푸렸다.

"저치들 말이야, 너절한 테니스 복을 멋이랍시고 입은 꼴이란… 쯧쯧, 취해서 하나같이 흐느적거리고 있구먼. 이건 완전히 시간표 없는 텅빈 기차 대합실 같단 말이야. 으음, 왼손에는 '제왕의 정신'이란 책 한 권을 들고, 오른손엔 술병 하나를 들고 있는 모습… 이런 내 착상이 어때?"

"저는 무슨 뜻인지 통 모르겠네요. 허튼소리 같기도 하고, 반대로 아주 심오한 철학적인 얘기 같기도 하고. 그보다도 아직 비가 오고 있어요. 이게 더 중요한 사실 아닌가요?"

전차에서 내린 그들은 다시 카페를 찾기 시작했다. 그러나 그곳의 카페들 역시 일요일이고 더구나 비가 와서 그런지 전부 만원이었다. 그들은 정처없이 비를 맞으며 다녔다. 영화관에라도 들어가려고 했지만 구경꾼들은 비가 오는데도 불구하고 신문지나 가방 따위를 머리에 얹어 우산 대용으로 쓰고서 긴 행렬을 짓고 있었다. 또 연극을 하는 극장에서는 입구에 '입장권 매진'이라는 종이가 나붙어 있었다. 비를 맞아 차가운 기운이 온몸에 돌면서 시장기마저 느낀 아그네시카가 말했다.

"어디 가서 식사라도 해요."

"으응, 그래. 그런데 난 지금 돈이 없는데. 아그네시카 돈 가진 거 있어?"

"어머! 이를 어쩌나. 나도 요새 오빠를 찾느라 용돈을 다 써버렸거든요. 그럼 어디로 갈까요?"

"교회라도 괜찮지. 거기는 공짜도 환영하니까. 당에서는 갖은 수단으로 못 가게 하지만. 그것에는 전혀 게으치 않고 모두가 종교에는 굉장한 애착들을 갖고 있지. 죽어서라도 좋은 곳에 가려는 건 만인의 공통 심정인가 봐. 그러니까 하늘에 계신 하느님을 매일 찾게 되는 거지."

"이봐요, 피에트레크. 그 문제보다도 지금 당장 시급한 건 비 맞은 우리 육신을 어디에 두느냐예요."

아그네시카가 시무룩하게 대답했다.

"흥, 글쎄 말이야. 애인들을 위한 곳이란 이 폴란드에는 아무 구석에도 없어. 제기랄!"

그들은 비를 맞으면서 시내의 어떤 길모퉁이에 마주 서 있었다. 그들의 몸에서는 빗방울이 떨어지고 있었다. 바람까지 동반한 빗발이 세차게 그들을 때리고 지나가서 머리며 옷자락이 마구 헝클어졌다. 자동차는 흙탕물을 끼얹으며 지나갔고, 비를 피해서 빨리 가려고 서두르는 사람들은 서로 앞 사람, 옆 사람을 밀어제치고 있었다. 어느 상점의 라디오에서 악을 쓰며 노래하는 여가수의 노래가 자동차의 클랙션 소리와 범벅이 되어 울려 퍼지고 있었다.

"아아, 귀라도 먹어버렸으면 좋으련만!"

아그네시카가 절망적으로 외치며 물 묻은 두 손으로 귀를 틀어막았다. 피에트레크는 아그네시카를 달래듯 손을 잡으며 얘기했다.

"나는 어느 책에선가 이런 구절을 읽은 기억이 생각나. 인간이 원하는 가장 큰 무의식의 소원은 노예가 되는 것이라고 했는데, 나는 마침내 그 말의 참뜻을 알게 되었어. 그래서 나는 또다시 감옥 생활이 그리워졌어. 아무 것도 생각지 않고 아무런 걱정도 없는 팔자가 되면 얼마나 좋을까 하고 생각해. 이 지상의 어디를 가든 입장 금지를 당한다면 인생이고 뭐고 살 가치가 없는 거 아니겠어? 그러니까 유일한 구원은 선고를 받는 것뿐이야. 법률 조문 따위의 너저분한 사항들은 전부 쓸모가 없는 것이야."

피에트레크는 아그네시카의 손을 더욱 꼬옥 쥐며 계속 얘기했다.

"따라서 나는 또 감옥으로 갈 테야. 내 몸을 편안히 둘 곳은 그곳밖에 없거든. 아그네시카, 내 말 듣고 있는 거야? 그래서 나는 몇 해 동안 감옥에 갇혀 있을 만한 일을 저질러버릴 거야. 감옥의 철문 안으로만 들어가면 그것으로 문제는 간단히 해결될 수 있거든. 그러면 우리는 갈 곳도 없어 헤매면서 서로 괴로워할 필요도 없고, 보기 싫은 놈들에게 쫓겨다닐 필요도 없게 된단 말이야."

그렇게 말하는 그의 눈은 후려치는 빗발을 뚫고 멀리 허공을 꿈꾸듯 응시하고 있었다.

"가요!"

아그네시카는 피에트레크를 꽉 잡고, 폭력적으로 그를 끌고 걷기 시작했다.

"이봐, 아그네시카. 대체 어디로 가는 거야?"

"아무 데면 어때요? 그냥 잠자코 따라오시기만 해요!"

그들은 전쟁으로 파괴된 폐허더미를 헤치고, 그 속으로 들어갔다. 계속 뛰었다. 땅 위에 흩어진 벽돌과 패인 구덩이에 발이 걸려 넘어지면, 손으로 진흙을 짚고 일어서서 다시 허둥지둥 달려갔다.

이윽고 아그네시카가 깡통과 깨진 병더미 속에서 미끄러운 진흙에 넘어져 쓰러졌다. 쓰러지면서 피에트레크의 몸도 함께 잡아 끌었기 때문에 그는 넘어진 아그네시카의 가슴 위에 끌리어 넘어졌다. 아그네시카는 피에트레크의 머리를 힘껏 끌어안고 그의 얼굴을 자기 가슴에 파묻도록 하였다. 그리고 다른 한 손으로는 그의 바지를 벗기려고 애를 썼다. 아그네시카는 피에트레크의 귀에다 대고 속삭였다.

"이봐요, 피에트레크. 어서 벗어요, 어서요."

그녀는 그의 귀에 입술을 대고 숨찬 소리로 재촉했다.

"이 시간이 지나면 부끄러워서 할 수가 없단 말이에요. 그러니 자, 어서요. 멋쩍은 생각이 들기 전에 어서 하라니까요. 네? 아무렇지도 않아요. 아무 일도 아니에요."

"이봐, 아그네시카. 인간은 인내할 줄 알아야 한다구. 그렇게 마구잡이로 생각하면 안돼!"

"우리는 어쩔 수 없어요. 우리가 할 수 있는 일이란 이 고통을 없애는 행동뿐이에요. 이후의 일은 생각지 마세요. 자아, 그러니 지금은 어서 우리의 소원을 풀어요. 피에트레크, 피해서는 안돼요. 어서요."

"이거 놔!"

그는 몹시 화가 나 있었다.

"이거 안 놓을 거야? 안 놓으면 죽일 테야!"

"좋아요. 죽여요. 나를 죽이란 말이에요!"

그녀는 악을 쓰면서 피에트레크를 잡아당겼다.

"죽여요. 하지만 그 전에 우리가 원했던 것은 풀어줘요. 이후로 우리는 서로 얼굴도 못 보게 돼요. 그러니 제발 해주세요. 그래야 우리가 원하는 평화가 온단 말이에요. 그때가 되면 그리워서 조마조마하게 애 태우는 일도 없게 되고, 사랑하는 일도 없고, 일요일도 없고, 당신이 감옥 얘기를 할 필요도 없게 될 거예요. 물론 귀찮고 따분한 일도 생기겠죠. 그러나 그러면 어떻단 말이에요? 그런 건 상관도 하지 않아요. 난 놓지 않을 거예요. 죽어도 안 놓겠어요. 자, 어서! 훗날이 되면 우리는 서로의 모든 관계도 잊어버릴 거예요. 그러면 모든 것이 없어지겠죠. 자, 어서!"

　피에트레크는 억지로 간신히 몸을 뿌리치고 뒤로 물러섰다. 뒤쪽에 있던 벽돌이 뒷걸음에 채여 와르르 무너졌다.

　피에트레크는 아직도 누워있는 아그네시카를 내려다보며 노려보고 있었다. 주먹을 불끈 쥐고 그녀를 혼내주려고 단단히 각오를 하고 있었다. 그러나 그는 꽉 잠긴 소리로 외쳐댈 뿐이었다.

　"아그네시카, 아그네시카!"

　불러댈 뿐 그 다음 이야기를 끄집어내지 못하고 있었다. 그는 얼른 돌아서서 폐허의 비탈진 경사지를 뛰어내려가 버렸다. 벽돌조각, 깡통조각, 돌멩이가 나뒹굴었다.

　아그네시카는 죽은 듯이 그곳에 꼼짝도 않고 가만히 쓰러져 있었다. 언제까지나 몸을 움직이지 않았다. 조금도 그치지 않고 줄기차게 쏟아져 내리는 비가 그녀의 머리와 얼굴과 옷이 풀어져 헤쳐진 하반신을 마구 적시고 있었다.

　얼마 동안의 시간이 흘렀던가. 아그네시카가 다시 거리로 나왔을 때, 피에트레크의 모습은 보이지 않았다. 서너 명의 사람들이 길가 처마 밑에서 비를 피하고 있었다. 그들은 때때로 번갈아 가며 얼굴을 내밀고 비구름으로 회색빛이 된 하늘을 쳐다보고 있었다. 한 소년이 비에 흠뻑 젖은 몸을 떨면서 하늘을 저주하고 있었다.

"무슨 놈의 비가 이렇게 퍼붓는 거야! 젠장, 빌어먹을!"

"이것도 모두 그 잘난 폭탄 덕택이야."

일행인 듯한 다른 소년이 맞장구쳤다.

"폭탄이 하도 많이 터져서 하늘까지 엉망진창이 되어버렸단 말이야. 그렇지 않고서야 이렇게 폭포수처럼 쏟아부을 수는 없는 거 아니야!"

정말 온 세계가 비로 망하는 것 같았다. 지상의 모든 것이 녹아서 흘러내리고 있었다.

아그네시카가 물에 빠진 생쥐 모양으로 집에 들어가자, 아버지는 아침과 똑같은 자세로 창 앞에 서 있었다. 오빠 구제고지는 부엌 침대에서 자고 있었다. 아그네시카는 코트를 벗고 의자에 앉았다. 어머니는 눈을 감고 죽은 듯이 누워 있었다.

"며칠 동안 학수고대하던 날이 이 모양이라니… 그동안 준비하고 벼르던 낚시질은 장마에 떠내려가고 말았어. 이 낚시 도구를 갖추느라 리빈스키에게서 돈도 오십 즐로티나 빌렸는데, 이제는 도로아미타불이 되었군, 에이!"

아버지는 창 너머로 비오는 하늘을 저주했다. 그리고 아그네시카는 갑자기 아버지의 얼굴이 분노에 불타며 자기를 노려보고 있다는 걸 느꼈다. 아버지는 눈 하나 깜짝 하지 않고 아그네시카한테 조용히 다가왔다. 아그네시카는 그가 갑자기 자기를 해칠 것 같아 후다닥 뒤로 피했다.

"밤낮 쏘다니는 딸년이 없었던들, 술만 처먹고 지랄 발광을 하는 아들놈이 없었던들 나는 좀더 인간다운 생활을 할 수 있었을 텐데. 오늘 같은 경우도 여자한테 가서 맘껏 호강을 누리면서 한가롭게 술이라도 먹을 수 있었을 텐데. 그런데 그놈의 염병할 비가 와서 내 생활이 엉망이 돼버렸어. 집에 갇혀서 너희 어미 병시중이나 해야 한다니… 에잇, 빌어먹을! 낚시질도 못 가고 내일은 또 터덜터덜 걸어서 그 지옥 같은 곳으로 출근을 해야 하는 내 신세가 가련하구만."

아그네시카는 잔뜩 겁을 집어먹고 있었다.

아버지는 갑자기 방향을 돌려서 아내가 누워 있는 침대로 갔다.

"이년아! 언제까지 이러고만 있을 거야. 아예 침대째 썩 꺼져버려라!"

도낏날 같은 날카로운 소리였다.

"어디로 꺼져버리든지. 뒈져버리든지 하라니까! 에잇, 빌어

먹을 년! 이대로 가다간 내가 미쳐버리겠어! 어떤 결판을 내든지 해야지."

아그네시카는 참을 수 없어 또다시 거리로 뛰쳐나왔다. 지나가던 이십 세쯤의 사나이가 우산을 받쳐 주었다.

"아가씨, 같이 쓰시죠. 이리로 들어오세요."

날이 저물기 시작하면서 하늘은 점점 구름이 더 많아져 갔고, 비는 계속 쉬지 않고 내렸다.

10장
만남, 새로운 기억의 시작

"신문 기자죠. 모든 사실들을 있는 그대로 진실껏 쓰려는 직업이라고 할 수 있죠. 하하하. 이것도 우습죠? 만일 내 판단이 잘못된 것이 아니라면, 우리 세 사람 중에서 가장 나은 직업을 갖고 있는 사람은 저 엘지베타인 것 같아요. 단순히 몸만 팔면 되는 매춘부니까. 그것은 기적과 환영이 없는 직업이라고 할 수 있죠."

"엘지베타와는 어떻게 아시나요?"

청년은 아그네시카에게 물었다.

"학교 동창이에요. 같은 학교에서 공부했었죠."

"허허, 그래요."

"고등학교를 같이 졸업했어요. 그리고 이 년 후에 저 애는 공부를 그만 두었는데, 그후 통 못 만났어요. 오늘 오래간만에 여기서 다시 만나게 된 거예요."

"으음, 그렇군요."

청년은 담배 케이스를 열어 아그네시카에게 권했다. 아그네시카는 술에 좀 취해 있었다. 그래서 담배를 제대로 집어들지 못했다. 청년은 빙그레 웃고는 자기 손으로 한 개비 집어서 아그네시카의 입에 물려주었다. 그의 손은 육중하고 햇빛에 그을려 있었고, 손목과 손등은 털이 수북하게 덮여 있었다.

"나는 길가의 처마 밑에서 비를 피하고 있었는데, 거기서 우연히 저 옛친구를 만나게 되었죠. 참 이상한 우연이죠? 옛날에 유행했던 '폭풍 부는 날'이란 노래 아시나요?"

청년은 모르겠다는 듯 머리를 좌우로 흔들었다. 짧게 깎은 검은 머리에는 윤택이 없었고, 이마 위에는 머리칼이 한 가닥 늘어져 있었다.

청년이 아그네시카를 잠시 동안 물끄러미 쳐다보더니 이윽고 입을 열었다.

"나는 잘 모르겠는데, 어디 한번 들려주실래요?"

"여기서요? 이런 술집에서?"

아그네시카가 그럴 수는 없다는 듯이 몸을 흔들었다.

청년은 살그머니 아그네시카 옆으로 와서 몸을 기대고 앉았다. 아그네시카는 목덜미에 청년의 입김이 와닿는 것을 느꼈다. 담배와 술 냄새가 뒤범벅이 된 후덥지근한 입김이었다.

"아가씨, 여기가 거북하다면, 어디 다른 곳으로 옮길 수도 있어요."

"다른 술집으로요?"

"굳이 술집이 아니더라도……."

"그럼, 더욱 싫어요. 밖에는 지금 비까지 오는 걸요."

"비가 멎도록 내가 하늘에 마술을 부려 보죠."

"그럴 수 있어요? 그렇다면 당신을 일찍 못 만난 것이 유감이군요."

"왜요?"

"만일 오늘 아침이었으면, 그 신기한 마술을 빌렸을 거란 말이에요."

"지금은 어때요?"

"지금은 어떻게 되든 상관없어요."

"아가씨 입장은 그렇지만 나는……."

"이봐요. 이런 얘기가 쑥스럽다고 생각지 않으세요?"

청년은 빙긋 웃었다. 그런 그의 눈빛은 뭔가 탐색하듯이 아그네시카를 지그시 바라보고 있었다. 아그네시카는 그런 그의 시선이 여간 거북스럽지 않았다.

"그렇게 매정스레 말을 끊지 말아요. 다른 사람들은 이런 얘기들을 갖고 대개가 즐거워하니까요."

"그래요? 그 다른 사람들은 도대체 어떤 얘기들을 하는지 궁금하네요."

"글쎄, 아마 이보다 더 쑥스러운 얘기들을 하겠죠."

"호호호, 그래요? 나도 좀더 일찍 그런 사실을 알았다면, 오늘 선생님께 실례를 하지 않았을 텐데요. 그런데 저기 엘지베타와 춤추는 사람은 누구예요?"

"어딘가에서 온 바보겠죠, 뭐."

"선생님 친구 분이신가요?"

"친구보다 더 가까운 사이죠. 바로 내 동생이니까."

남자는 지나가는 바텐더를 손짓해서 불렀다. 바텐더는 최면술에라도 걸린 듯 비틀거리며 다가왔다. 청년은 술을 더 시켰다. 바텐더가 이내 술을 가져오더니 유리잔에 철철 넘치도록 술을 부었다. 아그네시카가 물끄러미 술잔을 쳐다보았다. 술 속에 비친 자신의 일그러진 모습을 보고 있는데 청년이 권했다.

"자아, 마셔요!"

"누구에게 축배를 올릴까요?"

아그네시카가 물었다.

"오늘 밤의 비를 축복하며!"

"무슨 뜻이죠?"

"만일 비가 오지 않았더라면 아가씨는 옛친구 엘지베타를 만나지 못했을 거 아닌가요. 그렇다면 엘지베타가 아가씨를 여기까지 끌고 오지도 않았을 터이고, 그러면 나는 아가씨와 만나지도 못했겠죠. 안 그래요? 그런데 왜 잔을 들지 않는 거예요?"

"벌써 취했나 봐요. 하지만 비를 축복해서라도, 자!"

아그네시카는 술잔을 높이 들었다. 그들은 잔을 비웠다. 바텐더가 다시 와서 그들의 잔을 채워 주고 갔다.

"아가씨, 여름 피서는 어디로 가실 건가요?"

"아직 갈지 안 갈지도 모르는 걸요."

"아니, 왜요?"

"올 여름에는 수도사 학위 논문을 써야 하거든요."

"수도사라?"

"네. 철학 전공이지요. 인생을 가장 정확하게 파악할 수 있는 학문이죠. 호호호, 참 우습죠? 그런데 선생님 직업은 뭐예요?"

"나요? 신문 기자요. 모든 사실들을 있는 그대로 진실껏 쓰는 직업이라고 할 수 있죠. 이것도 우습죠? 만일 내 판단이 잘못된 것이 아니라면, 우리 세 사람 중에 서 가장 나은 직업을 갖고 있는 사람은 저 엘지베타인 것 같아요. 단순히 몸만 팔면 되는 매춘부니까. 그것은 기적과 환영이 없는 직업이라고 할 수 있죠."

"그건 직업이라고 할 수 없어요, 호호호."

아그네시카는 웃었다. 그리고 계속 얘기했다.

"그것은 직업이 아니고 모랄이에요. 확실한 매음, 이것이야 말로 오늘날 폴란드 여성이 도달할 수 있는 가장 큰 도덕적 지위니까요."

청년이 아그네시카에게 추파를 던졌다.

"철학 전공의 아가씨에게는 확실히 새로운 것이 있기 마련이야. 그냥 보통 여자라면 대개 이런 투로 얘기했을 거야. '나는 사춘기 때, 어떤 남자와 만나서 연애를 하게 되었는데요 그런데 그이는…' 하면서 말이야."

"하지만 그런 얘기는 모두 공허한 소리에 불과해요. 이상적인 것은 꿈도 신화도 없는 생활 그 자체이니까요."

"하하하, 그래요? 그럼 아가씨는 꿈을 갖고 싶지 않으신가 보죠?"

"그 따위는 필요 없어."

"그럼, 뭘 원하시는지?"

"망각이지요."

아그네시카는 서슴지 않고 또렷이 대답했다.

"무엇을 잊고 싶은데요?"

"아아, 모두 잊고 싶어요. 아버지 생각도, 이런 술집도, 내가 사는 폴란드도, 바르샤바도, 우리 동네도, 우리 집도 잊을 수만 있다면 정말이지 원이 없겠어요."

청년은 아그네시카의 몸을 끌어당겼다. 아그네시카는 눈을 감은 채 그가 하는 대로 몸을 맡기고 움직이지 않았다.

"모든 걸 잊어버리세요. 잊는 것이 좋아요. 오늘 하루만큼이라도."

청년은 입 안 잔뜩 고인 침을 삼켜가면서 아그네시카의 귀에다 속삭였다.

11장

상실, 꿈과 현실의 종착점

아그네시카는 쓸쓸히 혼자 조용히 떠나가는 피에트레크의 뒷모습을 가만히 바라다보았다. 안개처럼 자욱한 비가 사라져가는 그의 발자국 소리를 삼키고 있었다. 아그네시카는 발자국 소리라도 들으려고 열심히 귀를 기울였으나 아무것도 들리지 않았다.

"이런! 바보 같으니라구, 에이!"

청년은 아그네시카의 머리채를 움켜잡고 홱 끌더니 다른 손으로 뺨을 철썩철썩 두 번 휘갈겼다. 그는 부르르 떨고 있었다. 그 순간, 아그네시카는 입 안에 소금을 씹은 것 같은 찝찔한 맛을 느꼈다.

"이런 맹추 같으니라구! 생전 처음이야? 왜 다른 놈팽이하고 진작 해보지 못했니? 에잇, 더럽게 기분만 잡쳤잖아. 젠장, 오늘밤 너한테 쓴 술값이면 일류 갈보와 아주 멋지게 한판 벌일 수 있었을 텐데 말이야. 에이, 빌어먹을 병신 같으니라구!"

청년은 부랴부랴 파자마를 입고는 침대에서 뛰어내렸다. 그리고 아그네시카의 알몸에서 담요를 확 벗겨버렸다.

　"이건 뭐 마치 살인이라도 저지른 것처럼 시뻘겋군. 정말로 뱀 잡은 꼴이네. 세 시간 후면 마누라가 돌아올 텐데. 이런 꼴을 어떻게 보이지. 이 더러운 옷을 입고서 마누라한테 뭐라고 변명하면 좋아?"

　청년은 길게 한숨을 내쉬었다.

　"이봐, 정말 이게 무슨 짓이야. 나하고 처음 자는 밤이면 이럴 수 있어? 얼굴도 반반하고 몸매도 잘 빠져서 좋은 갈보 노릇도 해봄직한데, 왜 이런 실수를 했냐 말이야? 고작 처녀였다는 걸 변명하자는 거야, 뭐야? 그렇다면 그 나이까지 무얼 기다렸니?"

　"오늘밤의 비와 당신을 기다렸어요."

　"그래? 그럼 내가 화낸 건 잘못이군. 자, 그건 그렇고 뒤처리를 좀 해야겠는데 가만히 누워 있지 말고, 어서 일어나 좀 거들어 줘. 목욕탕에 더운 물이 있는데, 빨면 지울 수 있겠지."

　"간단해요. 이보다 더한 것도 빨면 금방 지워지는데요 뭘. 전등 좀 켜 주세요. 옷 좀 입게."

　"에이, 보고 싶지도 않아."

청년은 샐쭉하게 말을 하고는 담배에 불을 붙이며 돌아앉아 버렸다.

"마누라가 올 때까지 빨리 말라야 할 텐데. 그때까지 증거를 없애버리지 못하면 아마 칼부림이 벌어질 거야. 내일 할 일이 태산같으니 잠을 안 자두면 큰일이고……."

청년은 다시 아그네시카 쪽으로 돌아앉았다.

"그래, 하여튼 숫처녀라고 해두자. 그러면 지금까지 남자 친구도 애인도 없었단 말이야? 에이, 그래도 요즘 세상에 믿을 수가 있어야지."

"아까도 말했잖아요. 여태까지 당신을 기다려왔다고."

"아니, 이거 왜 이래? 무슨 협박을 하려는 거야? 그것이 불량 소녀의 공갈 수법인가? 그러면 내가 숫처녀를 농락해서 탈을 냈단 말이야 뭐야? 그렇다면 이름이라도 알아 두자. 이름이 도대체 뭐야? 본명이 뭐야?"

"호호호, 조건도 트집도 없으니 걱정 마세요. 진정으로 당신에게 감사하는 마음뿐이에요."

아그네시카는 그의 옆으로 다가가서 그의 뺨에 키스를 했다.

"이름이 뭐지?"

"뭐라고 하든지 당신 맘대로 부르세요. 다아링이 좋겠군요.

이 말은 그것만으로 모든 뜻이 담겨 있고, 누구에게나 부담없이 붙일 수 있으니까요. 아니에요. 그것보다 '작은 태양'이란 이름이 더 나은 것 같네요. 우리는 비오는 날 밤에 만나서 그만큼 태양의 광채를 아쉬워했죠. 인간은 무슨 짓이고 할 수 있지만, 그래도 늘 그보다 더 나은 생활을 동경하기 때문에 그렇죠. 혹은 이 시대의 모랄에 근거한 항의의 기분으로 그 '작은 태양'이 좋아요. 그러니 나를 '작은 태양'이라고 불러 주세요. 아니, 이러고 있을 때가 아니지. 어서 빨래를… 아닌 밤중에 피빨래라… 어이가 없군요."

아그네시카는 긴 한숨을 내쉬었다.

"으음, 내가 잘못했어. 하지만 내 입장도 이해해 줘."

"괜찮아요. 저는 아무렇지도 않으니까 너무 걱정하지 마세요."

"이봐, 아가씨. 이 다음에 어떻게 다시 만나지?"

"다시요? 다시는 안 만나요. 오직 오늘밤만을 서로 생각하면서 지내면 돼요."

아그네시카는 그가 걱정하는 피로 얼룩진 침대 시트를 빨아 주었다. 그리고 악수를 청하며 말했다.

"자, 그럼 안녕. 내 이름은 아그네시카라고 해요. 아그네시카예요. 친구들에게나 다른 사람들에게 나하고 지낸 얘기 해도 괜찮아요. 그런데 이십 즐로티만 주실 수 없겠어요?"

"뭐라고? 겨우 이십 즐로티만?"

"택시값 하려고 해요."

청년은 포켓에서 지갑을 꺼내면서 의아해 했다.

"내가 미안한데… 그것만으로 되겠어?"

"네. 그거면 충분해요. 나는 아직 이런 일에는 애숭이니까요."

아그네시카는 머리를 옆으로 흔들었다.

"그럼, 안녕히 계세요. 부인에게 내 말 해도……."

밖에는 아직도 비가 퍼붓고 있었다. 정말 하늘은 구멍이 난 모양이었다. 택시는 한 대도 발견할 수 없었다. 아그네시카는 행인의 발걸음도 그친 어두운 거리를 휘적휘적 비를 맞으며 걸었다. 때때로 아직 잠을 자지 않고 있는 집에서 내비치는 전등빛으로 발밑이 잠깐잠깐 훤하게 비쳤다.

'몇 시나 됐을까?'

아그네시카는 속으로 시간 짐작을 해보았다.

열두 시? 새벽 한 시? 아니, 새벽 두 시쯤 됐을까?

갑자기 심한 두통이 일어났다. 레인코트의 포켓 속에 두 손을 깊숙이 찌른 채 몸을 굽히고 걸었다.

비에 젖은 앞머리가 이마로 축 내려졌다. 아그네시카는 빗물 웅덩이에 쪼그리고 앉아서 손을 씻었다. 일어서자 눈앞에 무엇이 어른거리고 한참 동안이나 가로등이 빙빙 돌고 있었다.

아그네시카는 혼자 웃었다.

끝났어. 이제는 모든 것이 속 시원히 끝나버렸어. 남들 말처럼 그리 고통스럽지도 않았어. 아무렇지도 않았어. 그런데 왜 피까지 났을까? 아, 나는 이제 인생의 만세를 부를 수 있어. 내일도 비가 오겠지만, 이삼 일 후면 비도 그치겠지. 그러면 본격적인 봄 날씨가 되어서 코트 없이도 가볍게 다닐 수 있을 거야. 봄 양복을 입어야지. 그리고 비슬라 강변으로 놀러 가야겠어. 으음, 내 그림자까지 추해 보이는구나.

얼마나 어떻게 걸었는지 모른다. 눈을 들어 보니 집 앞까지 와 있었다. 그때 한 사나이가 불쑥 앞으로 다가섰다. 너무 엉겁결이라 깜짝 놀라 쳐다봤더니 피에트레크였다.

그가 손을 내밀어 보였다. 희미한 외등 빛에 열쇠가 차갑게 빛나고 있었다.

"열쇠야."

피에트레크가 나직이 속삭였다.

"아그네시카, 밤이 새기까지는 아직 네 시간이나 남았어. 어서 가자구!"

아그네시카는 벽에 몸을 기대었다. 한꺼번에 피로가 엄습해 오는 것 같아 어떻게 움직일 수가 없었다.

"오랫동안 기다렸어요?"

"음, 초저녁부터 기다렸는 걸."

좀 원망스러운 듯한 어조였다.

"그래도 꼭 돌아올 걸 믿고 여태까지 기다렸지."

"지금 몇 시나 됐어요?"

"세 시야."

"들고 있는 건 무슨 열쇠예요?"

"응 우리들의 방 열쇠야. 우리들이 자유롭게 쓸 수 있는 방이 생겼거든. 참으로 기적같은 행운이야. 그 방 주인은 외국에 나가게 되었거든. 그래서 그동안 나한테 그 집을 맡겨 놓았어. 우리의 자유로운 공간이 생긴 셈이지."

"그래도 그렇지. 이 늦은 시간까지 가지 않고 날 기다리다니……."

"내가 이런 기회를 얼마나 손꼽아 기다렸는데 그 방에서 혼자 자겠어? 나는 그 깨끗한 방에서 첫날밤은 아그네시카랑 꼭 함께 자고 싶었단 말이야. 그러니 자, 어서 가!"

"피에트레크, 일곱 시쯤 되면 날이 새요. 그보다도 더 빨리 샐 수도 있어요. 아마 그게 여섯 시가 될는지도 모르죠."

아그네시카는 피에트레크의 팔을 잡고 애원하듯 얘기했다.

"저어, 그리고 나 할 얘기가 있어요. 별로 유쾌한 얘기는 아니지만 놀라지 말고 들어 주세요. 거짓말을 하느니보다 훨씬 후련할 것 같아서 하는 거예요. 나한테는 전부터 알고 지내던 남자가 있었어요. 나는 오래 전부터 그이를 사랑하고 있었죠. 그런데 어떤 일로 싸우게 되었어요. 그때 마침 나한테는 당신이란 남자가 나타났어요. 용서하세요. 만일 노여움이 풀리지 않는다면 나를 죽도록 때려줘도 상관않겠어요. 그냥 맞겠어요. 속 시원히 매맞고 나서 나는 다시 옛날 그 남자한테로 돌아가겠어요."

아그네시카가 잡았던 피에트레크의 팔을 밀었다. 피에트레크가 어이없이 물러섰다. 아파트 방 열쇠를 가지고 즐거운 기대를 했던 그는 뭐라고 할 얘기가 없었다. 휘적휘적 말없이 왔던 길을 되돌아갈 수밖에.

아그네시카는 쓸쓸히 혼자 조용히 떠나가는 피에트레크의 뒷모습을 가만히 바라보았다. 안개처럼 자욱한 비가 사라져가는 그의 발자국 소리를 삼키고 있었다. 아그네시카는 발자국 소리라도 들으려고 열심히 귀를 기울였으나 아무 것도 들리지 않았다.

피에트레크는 인기척 없는 칠흑같은 어둠 속을 혼자 걸었다. 껑충하니 키 큰 뒷모습이 몹시도 음울스러웠다. 고개를 푹 떨어뜨린 채 걷고 있는 그의 모습은 한두 번 가로등 빛에 그의 그림자를 비칠 뿐, 사방 어디건 칠흑 같은 어둠뿐이었다.

피에트레크는 장님이 허공을 더듬듯이 한 손을 앞으로 내민 채 휘청휘청 걸어가고 있었다. 가로등 밑을 지날 때마다 한 손에 들고 있는 금속이 번쩍거렸다.

아그네시카는 목구멍이 따가우면서 꽉 메이는 울음을 참느라 입을 두 손으로 틀어막았지만 양손가락 사이로 참을 수 없는 오열이 터져나왔다. 양뺨에 눈물과 빗물이 뒤범벅되어 마구 흘러내렸다. 땅이 꺼지는 것 같아서 몸을 벽에 기대었다.

이윽고 피에트레크의 모습은 길모퉁이로 완전히 사라지고 말았다. 그런데 한참 지나서 앞에 어떤 시커먼 물체가 턱하니 우뚝 섰다. 깜짝 놀란 그녀는 피에트레크가 다시 돌아온 줄 알았다. 눈을 크게 뜨고 자세히 보니, 피에트레크가 아니고 오빠 구제고지였다.

"지금이 몇 시인데 밖에 이러고 있는 거냐?"

구제고지가 혀꼬부라진 소리로 먼저 물었다. 정신없이 취해서 고주망태가 된 그는 벽을 더듬거리면서 현관 문까지 가고 있었다.

"그 여자 오늘 왔었나요?"

아그네시카가 그런 그의 뒷모습을 멍하니 바라보면서 물었다.

"오긴 왔었지. 그런데 그냥 도로 돌아가버렸어."

"왜요?"

"쳇! 우리 사이를 훼방하는 놈들 때문이야. 녀석들은 그 여자한테 내가 매일 술타령만 하는 아주 타락한 놈이라고 일러바쳤어. 그래도 나는 그 여자한테 앞으로도 술만큼은 계속 먹을 것이고 끊을 수 없다고 했어. 그랬더니 그 여자는 헤어지려고 했던 전 남편한테 다시 돌아가버렸지 뭐야. 약간은 병든 정조를 갖고서 순결한 애무를 주기 위해서 말이야. 자, 이제는 아무런 환영도 없이 자유스럽게, 아주 맘껏 술타령을 하게 되었어."

"아아, 그랬었군요."

"하지만 나는 그 여자를 사랑하고 있어. 언제까지나 그 여자를 사랑할 거야."

"오빠!"

아그네시카가 갑자기 물었다.

"권총 갖고 있죠?"

"왜?"

"가지고 있지요?"

"그래, 가지고 있다."

"나하고 좀 가요."

아그네시카는 구제고지를 잡아 이끌었다.

"어디를 간다는 거냐?"

"바로 저기예요. 자아, 어서 권총을 내게 주세요."

구제고지는 권총을 아그네시카에게 줬다. 그녀는 묵직한 권총을 받아서 코트 포켓 속에 밀어 넣으면서 다시 재촉했다.

"어서 저리로 가요."

구제고지는 아그네시카를 따랐다. 그들은 이십 야드쯤 지난 모퉁이에서 왼편으로 돌았다. 그리고 텅 빈 시장으로 들어섰다. 텅 빈 상자와 썩은 야채 더미가 쌓인 곳을 지나가고 있었다. 어디서 개가 컹컹 짖었다.

"자, 여기 앉아요."

아그네시카는 빈 상자를 오빠에게 내주고, 자기도 거기에 나란히 앉더니 팔을 오빠 어깨에 얹었다.

"오빠."

아그네시카는 어린애를 달래듯 상냥하고 나직한 소리로 얘기를 꺼냈다.

"지금까지 오빠는 나에게 오빠 얘기를 해왔어요. 그런데 이번에는 제 얘기를 들어 주셔야 해요. 지금 이 풀란드라는 나라에서는 도저히 생활할 수가 없어요. 그래도 우리는 모든 괴로움을 겪으면서 생활하고 있어요. 그러나 우리가 기다리는 그날은 언제 올지 아득하기만 해요. 그래도 우리는 기다려야만 해요. 스스로 강해져야만 해요. 그러니까 우리는 언제 어떻게 될지 모르는 이 현실 속에서 지금보다는 훨씬 현명하게 행동하지 않으면 안 돼요. 공연히 남한테 의지하려는 것은 금물이에요. 비열한 것들과 싸워서 우리 자신을 지킬 줄 알아야 해요. 오빠는 그럴 자신이 있으세요?"

구제고지는 대답을 하지 않았다.

"그 여자 다시는 오지 않을 거야."

한참 후에 그의 입에서 나온 건 고작 이 소리였다. 아그네시카는 웃어버렸다.

"그래요? 그럼, 그 뒤는 어떻게 되는 거죠? 언젠가 오빠가 써 보겠다는 소설 같군요. 그러나 그따위 얘기는 초등학생한테나 들려줄 동화예요. 오빠의 그 여자는 올지도, 아주 안 올지도 몰라요. 그렇지만 오빠 소원대로 다시 온다고 하면 그래서 어쩌겠다는 건가요? 세상 사람들이 오빠와 그 여자한테 진흙덩이를 던져서 또 훼방하고 말 거예요. 무엇이 두 사람 사이를 결합시키고, 무엇이 두 사람 사이를 훼방하고 있는지 서로에게 이해시킬 기회조차 없을 거예요. 결국 오빠는 그 여자와 그 여자의 남편 사이에 어떤 일이 벌어지고 있는지에 대해서만 발을 동동 구르며 궁금하게 여길 따름이에요."

"그런 얘기는 이제 제발 듣기 싫다!"

구제고지는 흘러내린 머리칼을 쓸어 올리며 앓는 소리를 냈다.

"자아, 이 권총을 받아서 손수 해결해요."

남매는 한동안 말이 없었다.

"자, 모든 건 차차 알게 될 거예요."

아그네시카는 결정적인 것처럼 말하고 권총을 꺼냈다. 한참 동안 권총을 만지작거린 뒤에 탄약을 장전했다.

"그러나 오빠가 세상 모든 것이 결말을 볼 때까지 살 수는 없어요. 결국 오빠는 이대로 그냥 살다가는 아무런 가치도 없는 인간이 되고 말테니까요. 자포자기한 알콜 중독자가 된 오빠는 세상의 아무것도 믿지 않을 것이고, 따라서 세상에서도 아무도 오빠를 신용해 주지 않는 거지가 되고 말 거예요. 새로운 시대가 와도 그때는 오빠의 시대가 아미 끝난 뒤라서 오빠는 죽은 사람이나 마찬가지가 돼버리고 말죠."

"그 지긋지긋한 잔소리 그만 집어치울 수 없어! 폴란드는 그 이론인지 잔소린지로 망해버렸어!"

"끝났어요. 모든 것이. 내 잔소리도. 아아, 내일부터는 밤잠도 푹 잘 수가 있어요. 어머니도 편히 돌아가시게 하고 싶어요. 자아, 이제는 권총 받으세요. 안전장치는 풀어 두었어요. 나 먼저 가요. 안녕. 그걸로 해결해 버리세요. 이 이상 그 여자를 기다리거나, 세상의 비난으로부터 고민할 필요도 없게 돼요. 또 어떤 클럽에도 관계하지 않아도 되고, 누구를 믿어야 될 필요도 없어요. 당으로부터도, 여자 애인으로부터도, 아무한테도 속지 않게 될 거예요. 그리고 모든 근심 걱정들이 사라져버리게 되죠."

아그네시카는 오빠에게 권총을 내주었다. 구제고지는 힘없이 그걸 받았다.

"그리고 마지막으로 한 마디… 내가 오빠를 사랑하고 있다는 건 알고 있지요? 자, 그럼 키스해 주세요."

구제고지는 몸을 굽히고 아그네시카 볼에 키스해 줬다. 그의 입술은 차갑게 굳어 있었다. 아그네시카가 옆으로 고개를 흔들며 조용히 얘기했다.

"아아, 이런 키스는 싫어요. 누이동생에게가 아니고, 보통 여자에게 하듯이 키스해 주세요. 가만 있어요, 내가 해드릴 테니까."

아그네시카는 다른 남자에게 하는 식으로 키스를 했다.

"오빠, 모든 것이 종말에 이르렀다고 생각지 말아요. 모든 것은 지금부터 시작된다고 생각해요. 진정한 평화와 자유와 침묵, 인생이 당연히 그러해야 할 모든 것이 지금 막 시작되는 거예요."

아그네시카는 몇 걸음 천천히 걸어 물러서다가, 이내 시장 안을 가로질러서 뛰었다. 한참 동안 뛰다가 시장 어귀를 벗어난 거리에서부터는 다시 천천히 걸었다.

한참만에야 구제고지가 헉헉거리며 따라왔다.

"하하하, 이봐, 아그네시카, 너는 내가 자살하지 않을 걸 미리 알고서 나에게 죽으라고 충동했었지?"

구제고지는 의외로 침착해져 있었다. 아그네시카는 어깨를 움찔해 보였다.

"물론 그래요. 나는 다만 오빠에게 우리들 각자가 사사로운 비밀을 가지고 있는 꼴불견의 인간이라는 사실을 알리고 싶었을 뿐이에요. 정말로 우리 인간이란 모두 꼴불견의 조그만 존재예요. 하하하, 구제고지 오빠는 이미 아까 죽었어요. 그러니까 이제는 옛날의 오빠는 없는 거예요. 구제고지라는 이름의 인간은 존재하지 않아요."

아그네시카는 혼자 생각했다.

오직 존재하는 것은 스타노그라드 출신의 부인을 가진 그 남자뿐이야. 아아, 그런데 그 여자는 어떤 여자일까? 배반당한 인간이란 과연 어떤 얼굴을 하고 있을까? 아니, 우리는 모두 어떤 얼굴을 하고 있을까?

"그래요. 아무것도 없었어요. 일요일도, 오빠도, 어느 누구도 존재하지 않았단 말이에요. 그렇게 생각하는 것이 제일 좋아요. 그리고 지금은 자유만이 남아 있어요. 이 알량한 자유만이 말이에요… 호호호……."

아그네시카는 계속 웃고 있었다.

그 뒤에 많은 시간이 지났다. 침대 속에 누워서 어머니와 아버지가 잠자는 소리를 들으면서도 아그네시카는 계속 웃었다. 아그네시카에게는 이 방도, 이 도시도, 이 세계도 모두 웃음으로 가득 차버린 것처럼 생각됐다. 그것은 자기 귀에만 들리는 웃음이었다.

새벽이 이미 훤하게 밝아오고 있었다.

12장

일요일 그리고 다시
일요일 그리고 · · ·

결국 세상은 이렇게 움직이거든요. 있는 일, 없는 일 등을 공연히 들추어내는 것이 세상 모습이라고 할 수 있지만, 나는 서로 믿고 이해하는 것이 가장 행복한 삶이라고 생각해요.

아그네시카는 옷을 갈아입고 있었다. 강의는 여덟 시부터였다.

부엌으로 들어가려고 할 때, 자와즈키와 마주쳤다. 그는 제법 근엄한 얼굴을 하고서는 손가락을 자기 입으로 가져갔다.

"쉿! 조용히 해! 손님이 있으니까."

"손님이라구요?"

"마리아, 나의 약혼자지."

"어머, 그래요."

"어제 못 들었어?"

"아뇨. 난 어젯밤에 늦게 들어와서 전혀 몰랐어요."

자와즈키는 그제서야 혈색이 아주 안 좋아 보이는 아그네시카의 얼굴을 유심히 바라보다가 빈정대듯 얘기했다.

"어젯밤에 왔어."

그는 행복스러운 미소를 지었다.

"떠도는 풍문은 다 거짓말이었지. 주위에 성가신 훼방꾼들만 없으면 인생은 훨씬 즐거운 거야. 쉿! 조용히 하라니까. 그녀가 깨겠어. 구제고지와 나는 어제 이 골마루에서 잤어."

자와즈키는 조심스럽게 노크를 하고 부엌으로 들어갔다. 그 뒤로 아그네시카가 따라 들어갔다.

젊은 여자가 돌아앉아서 머리를 빗질하고 있었다.

"마리아, 내가 늘 말하던 아그네시카를 소개하겠어. 자, 앞으로 서로 잘 지내라구."

젊은 여자가 획 돌아앉았다. 순간 아그네시카는 깜짝 놀랐다.

피에트레크와 함께 갔던 아파트의 방에서 본 여자였다. 파자마를 입고 있던 피에트레크의 친구 방에서 술에 곯아 떨어져 세상 모르게 자고 있던 그 여자를 아그네시카는 무안하게 지켜봤었는데, 그때의 그 젊은 여자가 아닌가!

그때 당신은 지금보다 훨씬 순진하게 보였어.

아그네시카는 생각했다.

그때 당신은 눈을 감고 있었기 때문에 당신 눈 빛깔을 보지 못했는데, 나는 푸른 눈일 거라고 생각만 했었지. 지금 보니 역시 푸른 눈이군.

"누추한 방이었는데, 잘 주무셨어요? 우리는 같은 운명이네요."

아그네시카가 눈썹을 치켜 올렸다.

"저는 지금 처음 뵙는데요."

그럴 수밖에 없는 마리아였다.

"아무것도 아니에요. 차차 알게 될 거예요. 자, 하여튼 앞으로 우리 친하게 지내요."

자와즈키는 옆에서 행복스러운 듯이 빙그레 웃고 있었다.

"지금 혼인 신고하러 가는 길이야. 언제까지나 서로 떨어져 있을 수는 없으니까… 아그네시카, 우리를 축복해 줘."

"네. 두 분의 행복을 진심으로 축하해요."

그리고 자와즈키를 향하여,

"특히 당신에게 축하드려요. 오랫동안 그토록 걱정하시더니. 하지만 자, 봐요. 오랫동안 기다려온 보람이 있잖아요. 결국 세상은 이렇게 움직이거든요. 있는 일, 없는 일 등을 공연히 들추어내는 것이 세상 모습이라고 할 수 있지만, 나는 서로 믿고 이해하는 것이 가장 행복한 삶이라고 생각해요. 그럼, 나는 강의 시간에 늦어서 이만 실례하겠어요. 나중에 또 만나서 자세한 얘기를 듣기로 하죠. 그럼, 안녕히."

아그네시카는 가방을 챙겼다.

자와즈키와 마리아는 아그네시카에게 감사하다는 미소를 보냈다. 아그네시카도 부엌을 나왔다.

아버지는 늘 내다보고 있는 창 옆에서 오늘도 맥없이 밖을 내려다보고 있었다. 아침이었지만 여전히 하늘은 흐려 있었고, 어제 하루 종일 쏟아부었던 비는 이제 멎어 있었다.

"하늘은 뭐가 불만인지 그토록 쏟아부은 비만으로는 부족해서 아침부터 또 저렇게 잔뜩 구름에 가려 있구나. 이러다간 이번 주 한 주일 내내 온통 장마로 잡쳐버리는 게 아니냐?"

하늘을 잔뜩 노려보면서 아버지가 불만스럽게 옆에 서 있는 아그네시카를 보고 말했다.

"아아, 오늘이 어제의 일요일이었다면 얼마나 좋을까……."

아버지의 긴 한탄이었다.

Eighty Day of The Week